La novela posible

José María Merino

La novela posible

ALFAGUARA

Papel certificado por el Forest Stewardship Council®

Primera edición: abril de 2022

© 2022, José María Merino
© 2022, Penguin Random House Grupo Editorial, S.A.U.
Travessera de Gràcia, 47-49. 08021 Barcelona

© Diseño: Penguin Random House Grupo Editorial, inspirado en un diseño original de Enric Satué

Printed in Spain – Impreso en España

ISBN: 978-84-204-5608-9
Depósito legal: B-3144-2022

Compuesto en MT Color & Diseño, S.L.
Impreso en Unigraf, Móstoles (Madrid)

A L 5 6 0 8 A

*Para Mari Carmen, mi compañera imprescindible
de fatigas y júbilos*

Vida de Sofonisba, I
Alegrías

Sofonisba Anguissola sintió aquella mañana una alegría enorme, seguramente la más grande que había tenido hasta entonces con motivo de su destreza en el arte pictórico.

Su padre Amílcar y su madre Blanca habían entrado inesperadamente en la sala donde ella y sus hermanas solían trabajar en sus dibujos y pinturas, lo que estaban haciendo en ese momento, y el padre había dicho, emocionado, que al Divino le había encantado el dibujo del niño llorando.

—Aquí tengo su carta —voceaba, agitándola en la mano—. Aquí la tengo...

La carta del gran Miguel Ángel Buonarroti era muy elogiosa con el dibujo que le había enviado, a propuesta del propio maestro. Tras conocer otro boceto de Sofonisba que tenía como motivo una muchacha que reía, había dicho a quien se lo había mostrado, acaso como reto burlón, que sin duda el dibujo era estimable, pero que le gustaría ver uno de la misma joven autora en el que se reprodujese un niño llorando. Y el emisario, un familiar que difundía gustoso en los ambientes refinados el talento pictórico de la muchacha, se lo había contado a Amílcar.

En cierta ocasión, no hacía mucho tiempo, Sofonisba había dibujado la imagen de su primo menor cuando, tras meter la mano izquierda en una cesta de la tía Flora, que acababa de llegar y se había sentado junto a él, había sido mordido por uno de los cangrejos que

9

al parecer contenía la cesta. La dolorosa sorpresa del niño le produjo un súbito y atronador llanto.

Sofonisba estaba presente, porque aquella tarde continuaba haciendo un retrato de su tía Laura, madre del niño, y la imagen del pequeño llorando de repente con tanta pena le sugirió el dibujo, que perfiló de inmediato.

Ante la propuesta del Divino Buonarroti, Amílcar se apresuró a enviárselo, acompañado de una de sus elogiosas y barrocas misivas, y el gran maestro había respondido poco después alabando el dibujo con manifiesta complacencia.

—¡El divino Miguel Ángel no tiene fama de ser halagador, sino de todo lo contrario! ¡Podemos sentirnos más que orgullosos, hija querida! —dijo la madre.

Mientras sus hermanas y sus padres repasaban la carta, Sofonisba, para saborear su profundo y gustoso sentimiento, salió al patio de la casa familiar con su pequeño jardín al fondo. Estaba emocionada por las palabras estimulantes del más grande de los pintores, que, a pesar de su longeva edad seguía siendo uno de los referentes artísticos imprescindibles.

Se sentó en el banco de piedra que había junto a la pared, a la sombra del viejo abeto que protegía aquella zona del sol, y de repente sintió que, aunque pintar le satisfacía mucho y lo que hacía era siempre apreciado y alabado, tanto por la gente ordinaria como por los entendidos, aquella rápida y afectuosa aprobación del gran maestro era sin duda un premio de enorme valor.

Tenía entonces veinte años, y repasó en su memoria lo que había sido para ella la pintura, gracias a sus padres.

Lo cierto es que en su casa todas las artes eran valoradas. Su familia pertenecía a la nobleza modesta de Cremona y carecía de riqueza, pero su padre decía que la cultura era el bien más sustancioso que se podía poseer. Y así, desde muy pequeña tuvo Sofonisba —mi heroína, la llamaba su padre, pues el nombre de aquella primera hija rememoraba el de una dama cartaginesa que había luchado a su modo contra los enemigos romanos, si bien Sofonisba tardó muchos años en descubrir que la tal señora se había quitado la vida para no caer en manos de Escipión, el adversario— una formación intensamente artística: música, danza, lectura, latín, español, francés... y, sobre todo, pintura.

Música, porque su madre Blanca era una virtuosa de la espineta, y le parecía natural que su descendencia recibiera la misma formación; danza, que también para la madre era un arte que practicaba con gracia, y que desde que eran muy niñas enseñó a sus hijas, como un juego más; lectura y memorización de poemas, cuentos y textos dignos de aprecio, porque en la casa había muchos libros y era necesario hacerlos vivir repasando sus palabras con la lectura y con la memoria, como decía Amílcar; latín, que les impartía don Edmundo, un clérigo antiguo amigo de su padre; español, obligado por la pertenencia de Lombardía al imperio de Carlos V y Felipe II, y francés, porque tanto a su madre como a su padre les parecía un elemento más para poder encontrar su sitio en el espacio social que merecía su noble estirpe, considerando la falta de recursos materiales de la familia...

En cuanto a la pintura, ya desde muy pequeña, apenas recién nacida su hermana Elena, Sofonisba había mostrado un talento natural para ello, y era capaz de garabatear con carboncillo en los papeles que conseguía curiosas formas que parecían anunciar la capacidad que luego mostró. Debía de tener unos once años cuando un día, con aquel carboncillo que tanto usaba cuando no estaba tocando la espineta, leyendo, bailando, cantando o jugando al ajedrez con sus hermanas Elena, Lucía, Minerva y con su cuidadora Adelina, se le ocurrió dibujar la imagen de Bebo, el mastín de la casa, que en ese momento dormía apaciblemente al pie del abeto del patio.

Aquel dibujo sorprendió especialmente al padre cuando lo vio.

—¿Has hecho tú esto, Sofo? —le preguntó, al encontrarlo entre los objetos de juego de las hijas.

—Es Bebo dormido...

—¿Lo ha visto tu madre?

—No sé...

—¡Pero tú eres una artista, Sofo!

Y subió corriendo a enseñárselo a Blanca, que estaba descansando en la alcoba matrimonial por su nuevo embarazo, del que nacería Europa poco después.

Aquel dibujo sería determinante para una decisión que los padres tomarían muy pronto. Había que buscar un buen maestro que enseñase a Sofonisba el arte de la pintura... ¿Por qué una mujer, para ser pintora, tenía que formar parte de una familia de artistas que la adiestrasen? ¿Por qué una niña culta y bien educada, como Sofonisba, no podía ser pintora?

Al fin y al cabo, en aquellos momentos se hablaba muy bien en la ciudad de Paternia Gallerati, una joven de la cercanía familiar de los Anguissola, que era poeta estimable... Por otra parte, la segunda hija, Elena, muy unida a Sofonisba, mostraba también una excelente disposición natural para dibujar.

De manera que, una vez nacida Europa y recuperados los ritmos habituales en la vida doméstica, Amílcar empezó a buscar el maestro pictórico que se ocuparía de la formación de Sofonisba y de Elena. Ya que la familia no era próspera económicamente, al menos que pudiese alcanzar otra forma de relevancia social.

Amílcar era persona con ciertos empleos públicos, muy bien relacionado, y su gusto por la cultura en cualquiera de sus manifestaciones le proporcionaba también amigos en los ambientes de la pintura. Insistía en su idea de que, aunque las mujeres que pintaban eran siempre hijas de pintores, una mujer con capacidad para ejercer ese arte debería poder desarrollarlo, aunque no fuese hija de pintor, y más todavía si no pretendía con ello fines lucrativos...

En aquellos momentos, Cremona vivía una intensa vida cultural en todos los órdenes, en la que destacaban, con la música, talleres de muy buenos pintores, y Amílcar Anguissola, tras diferentes consultas, tomó la insólita decisión de que sus hijas Sofonisba y Elena acudiesen a formarse en el estudio del pintor Bernardino Campi, un valorado retratista y autor de temas religiosos, de una familia de maestros de la pintura y que había influido en muchos discípulos.

Bernardino Campi, tras ver unos dibujos de ambas, aceptó con gusto a las nuevas aprendizas. Sin embargo, en aquellos tiempos las mujeres —Sofonisba y Elena eran casi unas niñas— no podían compartir el espacio con varones, ni tampoco pintar desnudos, por ejemplo, aunque tales limitaciones no impedirían las prácticas fundamentales del arte, de modo que no las instruiría en el taller, sino en una sala del piso superior, en su domicilio, en el que vivían también, además de su esposa, sus padres y su hermana, que acabaron teniendo muy buena relación con las dos mocitas, a quienes la criada Adelina llevaba y recogía todos los días.

En cuanto a la retribución, no tendría carácter económico; consistiría en el compromiso de Amílcar de ayudar a Bernardino para que el gobierno de la ciudad le diese oportunidad de colaborar en ciertas decoraciones pictóricas que se estaban llevando a cabo.

Amílcar y Bernardino habían acordado que el género en que las muchachitas deberían iniciarse sería la réplica de lo visible, de lo natural, y no la invención correspondiente al mundo de lo imaginativo o lo invisible. Para empezar, Bernardino les hizo reproducir los muchos dibujos de pintores importantes que conservaba en su colección, advirtiéndoles de los aspectos más significativos y haciendo las correcciones pertinentes, cuando eran necesarias.

En cierta ocasión, después de un año de dibujar los modelos que Bernardino les proponía y trabajar sobre la perspectiva y los claroscuros, un día, mientras el maestro atendía en el taller a sus aprendices masculinos, Sofonisba pidió a los padres de Bernardino, que estaban en la sala, que les permitiesen a Elena y a ella hacerles un retrato a cada uno. Accedieron, y cuando el maestro regresó del taller y vio los dibujos, quedó tan complacido que habló con Amílcar, para proponerle dar por terminadas las lecciones de dibujo y empezar a enseñarles a pintar, lo que ambas supieron por boca de su padre, que se mostraba muy ufano.

—Me ha dicho vuestro maestro, el señor Campi, que está muy satisfecho con vuestros avances y que piensa que puede ser el momento de que empecéis a pintar, pero que eso es arduo y trabajoso, por las complicaciones que lleva la preparación de los soportes y de los pigmentos, y que debéis reflexionar si queréis o no dar ese paso.

Sofonisba y Elena se miraron con tanta complacencia como incertidumbre, pero no necesitaron manifestar lo que cada una sentía: se mantendrían juntas, y eso era lo más importante.

—Seguiremos aprendiendo, padre —dijo Sofonisba—. ¿No opinas igual, Elena?

—Seguiremos aprendiendo —confirmó Elena moviendo la cabeza con fuerza afirmativamente.

A Bernardino Campi lo satisfizo mucho la decisión de las hermanas, y las llevaba a su taller en momentos en que no estaba el resto de sus aprendices, para introducirlas poco a poco en los secretos de la pintura.

En aquel tiempo se empezaba a cambiar la pintura sobre tabla por la pintura sobre tela de lino, que conformaba los lienzos, pero la preparación era muy similar: primero el aparejo, normalmente de yeso, bien esparcido, y cuando estaba seco la imprimación de aceite de linaza coloreado. Esta técnica no resultaba muy complicada, y las hermanas tardaron poco en dominarla.

El asunto de los pigmentos resultó más difícil, pero con el tiempo fueron conociéndolos todos: el blanco, proveniente del albayalde o cerusa; el azul, originario de una piedra semipreciosa llamada lapislázuli; el añil, natural de un arbusto llamado índigo; las diferentes clases de rojo: el que se sacaba del rejalgar, un mineral muy venenoso; el bermellón, derivado del cinabrio; el carmín, rojo intenso que origina la cochinilla, un insecto procedente del Nuevo Mundo; el amarillo áureo que produce el oropimente, otro mineral; el verde, del verdín o cardenillo que ocasiona el cobre...

Y Bernardino les informaba con toda seriedad de los mercados donde podrían encontrarlos, como si no correspondiese a su padre Amílcar el conseguirlos, así como los lienzos, los pinceles y la trementina, la esencia del pino con la que se conforman materialmente los diversos pigmentos.

Lo primero que pintaron cada una de las hermanas fue un retrato de la cabeza de la otra, y Bernardino quedó complacido, aunque no tanto como para enseñárselo a Amílcar. Sin embargo, les hizo repetir el trabajo y esta vez sí le pidió a Amílcar que viniese a verlo. Sin duda era más interesante el que había pintado Sofonisba que el de su hermana, pues en él había incluso una suave sonrisa muy bien perfilada, pero el padre de las jóvenes artistas quedó satisfecho con aquello que vio.

—Continuaremos con el retrato, y creo que sus hijas llegarán a hacerlo con maestría...

En los otros dos años que siguieron las hermanas bajo la tutela artística de Bernardino Campi, pintaron los retratos de los padres del pintor, de su esposa, de su hermana, de sus pequeños hijos... que aceptaban amablemente posar para ellas, pues ambas jovencitas eran muy bien recibidas en la casa del maestro, a quien no le cabía duda de que las dos iban a ser unas magníficas pintoras...

Pero cuando hubieron transcurrido tres años de la eficaz tutoría de Campi, Ferrante Gonzaga, gobernador del ducado de Milán, lo reclamó para que fuese a la ciudad a retratar a su hija Hipólita y a realizar otros encargos, y las muchachas se quedaron sin maestro.

Aunque su destreza les permitía seguir trabajando las técnicas del retrato en su casa, para gusto de sus familiares y amigos, y habían alcanzado ya una pericia que no parecía necesitar más aprendizaje, Amílcar se empeñó en que continuaran perfeccionándose con las enseñanzas de algún notable profesional.

El elegido fue al fin otro Bernardino, en este caso Gatti, conocido por *Il sojaro*, que había recibido el encargo de realizar un gran fresco en el convento de San Pedro del Po y con el que Amílcar tenía buena amistad. Aceptando sumisamente la decisión de su padre, Sofonisba y Elena recibieron sus enseñanzas, y su relación con Bernardino Gatti, que enseguida valoró en Sofonisba su capacidad para el retrato, le dio ocasión a esta para preparar los dibujos originales de muchos de los rostros para el fresco, sobre *El milagro de los panes y de los peces*, que Gatti había proyectado para el refectorio del convento.

Y llegó un momento en que a la propia Sofonisba le pareció que ya no tenía nada más que aprender de Gatti, ya que seguía encomendándole sobre todo esbozos de figuras o de rostros para aquel fresco que él estaba pintando... En cuanto a Elena, no llevaba con demasiado entusiasmo la colaboración con el maestro, pues había decidido hacerse monja e ingresar en el monasterio de unas dominicas de Mantua, adoptando el nombre de «sor Minerva», sin duda en homenaje a una de sus hermanas menores.

A lo largo de los primeros años adolescentes, Elena le había confesado a Sofonisba tal vocación, pero para esta era como un sueño de su hermana, y nunca había creído que se convertiría en algo real, ni tampoco que le causaría tanta pena la separación tajante de quien, aparte de estar unida a ella por la sangre, había sido su compañera durante los años de la niñez y en la aventura inicial de la pintura.

Luego Sofonisba conocería que, para la aceptación de su hermana en el convento, la dote, de la que en su caso la familia no podía disponer, había sido sustituida por su probada destreza pictórica.

—Lo primero que voy a pintar es una Sagrada Familia —le confesó Elena—. Ya la tengo dibujada...

Como recuerdo, Sofonisba le hizo un precioso retrato, vestida Elena —sor Minerva— con hábito blanco y soste-

niendo en las manos un librito de oración, y en el cuadro cargó de dulzura magistral la mirada y la suave sonrisa de aquella colega realmente fraternal que se alejaba.

De aquellos años Sofonisba conservaría el recuerdo de un intenso trabajo de retratista, derivado de las relaciones de sus padres. Sus cuadros no les proporcionaban dinero, pero para Amílcar —siempre con el apoyo de Blanca— eran ocasión de conseguir apoyo e influencia social, pues tales retratos, fuera de la familia, siempre tenían como referencia a gentes importantes, tanto de Cremona como de Mantua, que los Anguissola visitaban a menudo para estar con Elena.

Por entonces, Sofonisba pintó retratos de personas muy influyentes, como el de la duquesa Margarita Paleóloga, o el del fervoroso canónigo Ippolito Chizzola, o aquel en que se muestra a su hermana Lucía tocando la espineta con tanta aplicación como lo hacía su madre, además de algunos autorretratos que fueron muy estimados, especialmente uno en que ella misma está pintando a la Virgen con su hijo.

En este momento de regocijo por las alabanzas del Divino, Sofonisba recuerda que Marco Girolamo Vida la había contado a ella, cuando tenía quince años, entre los insignes pintores del momento, y que otro escritor, Giovanni Musonio, en un poema dedicado a las mujeres, la había llamado «cumbre italiana», todo lo cual llenó de orgullo a la familia y le trajo las primeras satisfacciones hondas relacionadas con su práctica de la pintura.

La mañana muestra un ambiente suave, y Sofonisba lo descubre cuando la saca de su ensimismamiento la voz paterna.

—Sofo, querida, es la hora de comer... Por cierto, ¿no te apetecería practicar el arte de la miniatura?

Sofonisba miró a su padre con grata sorpresa.

—¿La miniatura? ¡Pues claro que sí!

A través del conde Brocardo Persico, que era padrino de Sofonisba y un admirador incondicional de su obra pictórica, Amílcar se había enterado de que el pintor Giulio Clovio iba a estar una temporada en Cremona, viviendo en el palacio episcopal y realizando las imágenes de un libro que un importante noble había donado para la catedral.

—Luego hablamos. A Giulio Clovio le encantaría enseñarte.

Sofonisba, que ya estaba bastante introducida en las referencias del mundo pictórico, sabía que Giulio Clovio era el indiscutido maestro en la ilustración de libros manuscritos, productos ya muy caros, y arte casi perdido tras la implantación de la imprenta, y que los encargos para las preciosas ilustraciones de los libros que realizaba provenían de reyes y papas.

—¡Pero resultará muy caro! —dijo Sofonisba.

—No te preocupes por eso. Ya sabes que es clérigo. El obispo me ha dicho que necesitan que les echen una mano en ciertos asuntos, y tu padrino Brocardo está dispuesto a ayudarlos, de modo que el maestro Clovio te enseñará de modo gratuito, y con mucho gusto por su parte... Al parecer, tiene noticias de tus buenas cualidades pictóricas.

Sofonisba sintió que aquel día no terminaba de ofrecerle gustosas noticias y se le ocurrió que, siempre que el gran miniaturista lo aceptase, ella podía aprovechar el tiempo que durase su relación para pintar un retrato suyo.

Se lo dijo a su padre y le preguntó si le parecía procedente.

—¡Pero Sofonisba, hija, creo que es una idea magnífica! ¡Así podrá comprobar cómo te manejas con la pintura y dar noticia de ti! Además, a él le gusta ejercer la enseñanza...

—Y también le voy a hacer un retrato al padrino Brocardo. Cuando pase por Cremona, iré haciendo los bocetos...

Notas de confinamiento, 1

Es 11 de abril de 2020, Sábado Santo, y hace cuatro semanas que muchos habitantes del planeta estamos encerrados en nuestras casas —*confinados*— por culpa de esa siniestra pandemia que, según los datos que los periódicos nos transmiten hoy por internet, ha causado ya en el mundo más de un millón y medio de contagios —de los que casi 160.000 corresponden a España— y más de 95.000 muertos —en los que hay casi 16.000 españoles—, siempre que en esas cifras no se haya inoculado ningún cuento chino, naturalmente.

Cuatro semanas de encierro hogareño, de ir sintiendo cada día como la repetición de la misma jornada, de comunicarnos solamente por el teléfono o por el correo electrónico con nuestras familias y amigos para saber cómo van las cosas, escuchando sus voces o viendo sus imágenes en el guasap con cierto aire de desasosiego onírico...

Hoy, por ejemplo, la mañana llegó algo soleada, frente a las lluvias de ayer y anteayer. Vista desde las ventanas que dan a la calle, la descarnada soledad urbana no es nada grata: en el extremo, por la plaza solitaria pasa un inesperado autobús, tan vacío que parece más lento de lo habitual. Algún bulto humano se divisa en la acera con aire huidizo, y en la esquina surge una mujer que lleva un perro sujeto de una larga correa y camina con tanta rapidez que parece que es el perro quien la arrastra a ella, y ciertamente la correa está tensa...

El aspecto de la ciudad sigue siendo desolador, pues la ausencia de seres vivos no ofrece el aire vacacional propio de las fechas, sino un ambiente funerario, el que debían de tener las ciudades durante las pestes clásicas.

Como últimamente he visto en televisión que, en muchos lugares habitados e incluso en las grandes ciudades, la falta de gente en las calles ha hecho aparecer animales silvestres —jabalíes, ciervos, zorros, incluso osos...—, todas las noches, antes de acostarme, echo un vistazo por la ventana de la sala a la calle vacía, por curiosidad. Nunca veo ningún animal extraño, pero anoche se me ocurrió un cuento.

El unicornio

Al mirar anoche desde la ventana la calle, tan solitaria por el confinamiento, vio algo inusitado. Tras fijarse bien, resultó un gran caballo blanco, que en medio de la cabeza presentaba un largo cuerno en espiral... ¡Un unicornio!

Sabía de sobra que los unicornios son animales míticos —recordaba el tapiz de *La dama y el unicornio* del Museo de Cluny, en París—, pero ese animal que había debajo de su casa tenía todas las trazas de serlo realmente, de estar vivo.

Su mujer se había ido a la cama, tras apagar la tele, y él se había quedado un rato releyendo *Casandra* de Galdós. Consideraba a esa doña Juana tan piadosa uno de los sujetos más malvados de la literatura, y lo fascinaba lo ambiguamente que está trazada su afirmación de que todo lo que hacía era por fe y caridad —los *malos* de la ficción lo reconfortan en este tiempo oscuro—, mas ver ese unicornio a la puerta de su casa lo hizo dejar el libro y animarse a bajar a la calle. Se puso una cazadora y metió el móvil en un bolsillo, para llamar a la policía avisando del caso y que alguien viniese a recoger al exótico animal.

En la calle seguía sin haber nadie más que el unicornio.

Grande, blanco, con una especie de barbita bajo la boca, lanzó un suave relincho cuando él se acercó, pero no mostró ninguna señal agresiva. Había que denunciar el asunto, pero antes hizo varias fotos con el móvil del insólito ser. El cuerno era muy grande y espiral, tal como lo han fijado las imágenes clásicas.

Lo estuvo contemplando ensimismado durante mucho tiempo, hasta que se acordó de que tenía que llamar para que viniesen a recogerlo y llevárselo a algún lugar seguro. Mas en el momento en que empezaba a intentar localizar el interlocutor adecuado, el animal lanzó un nuevo relincho y echó a galopar rumbo a la plaza que está en lo alto de la calle, de manera que lo perdió de vista en unos segundos.

Volvió a subir a su casa dándole vueltas en la cabeza a la poderosa imagen. Menos mal que lo había fotografiado y podía demostrar su existencia. Pero tras entrar en casa y sacar del bolsillo el móvil para revisar las fotos, resultó que solo mostraban una farola en la solitaria calle nocturna.

No se lo quiso contar a su mujer, seguro de que le diría que había sido una alucinación.

Qué se le iba a hacer, él estaba seguro de haberlo visto, y de vez en cuando, aún hoy, repasa la galería de fotos del móvil, sin comprender por qué la imagen no quedó fijada... Aunque acaso se tratase de una de esas curiosas ensoñaciones que puede provocar un encierro tan prolongado.

Son las nueve y diez de la mañana. ¿Cómo va a transcurrir la jornada en mi casa? Ayudaré a Mari Carmen a preparar la comida, que como los demás días será simple, pero con la aconsejable diversidad alimenticia y vitamínica... —como repiten las autoridades y los medios de comunicación, gracias a todos los implicados en el proceso, desde los agricultores, los pescadores, los ganaderos y los transportistas, a los distribuidores y vendedores, todos ellos elementos fundamentales en estos momentos tan desdichados—.

Yo también debo agradecérselo a Mari Carmen, que es la que con cierta frecuencia va al mercado cercano para hacer la compra, porque dice que yo no puedo salir, que soy «sujeto de riesgo» por mis avatares cardíacos... Además, yo la haría mucho peor que ella...

Después de comer veremos las noticias en la tele —yo me tomaré una copita de güisqui, como de costumbre, pues creo que es bueno contra el coronavirus, aunque Mari Carmen lo dude—, y luego desarrollaremos diversas actividades para sobrellevar la tarde.

Los primeros días poníamos música —a mí me dio por el *jazz*, que tanto me gustaba en mi juventud: Miles Davis, Charlie Parker, Duke Ellington, Count Basie, Nat King Cole...— y leíamos mientras sonaban sus melodías, pero llegó un momento en el que abandonamos la música y predominó la lectura, sobre todo en el caso de Mari Carmen: ciencia ficción —ella dice que vivimos un momento de aire distópico—. Está releyendo las *Fundaciones* de Isaac Asimov, y tiene siempre a mano libros de Arthur C. Clarke, Philip K. Dick, Ursula K. Le Guin o J. G. Ballard.

También seleccionamos para releer, en los momentos iniciales del encierro —que no imaginábamos tan largo...—, relatos sobre epidemias, naturalmente, a partir del cuento *La máscara de la muerte roja*, de Allan Poe, donde esa figura con cara de cadáver y revestida de un sudario sanguinolento tiene tanta fuerza. Entre otros, el apocalíptico *La peste escarlata*, de Jack London, el vampírico *Soy leyenda*, de Richard Matheson, también el angustioso *Diario del año de la peste*, de Daniel Defoe, y *Muerte en Venecia*, de Thomas Mann, y *La peste*, de Camus, y el terrorífico *La amenaza de Andrómeda*, de Michael Crichton...

Tal como están las cosas, acaso hasta nos dé tiempo a releer el *Decamerón*, de Giovanni Boccaccio, pensamos, con esos diez jóvenes narradores protagonistas, siete mujeres y tres hombres, aislados por la peste en una villa cercana a Florencia... Y los libros de Galdós, por supuesto, en este año conmemorativo, para que su relectura me siga reafirmando en mi idea de que es el mejor escritor del siglo XIX...

Yo he descubierto un cómic que no había leído aún, *Siempre un poco más lejos*, de Hugo Pratt, protagonizado por Corto Maltés, que prologó nuestra hija Ana y nos regaló en Navidades. Mari Carmen lo leyó en su día y me dijo que estaba muy bien, pero yo lo coloqué sobre unos libros, en la estantería para cuentos que ocupa una de las paredes de nuestro dormitorio, y lo había olvidado.

Como escribe Ana, en los cinco episodios del libro «Corto Maltés estará en Maracaibo, Venezuela, pasará por Honduras, irá a la apócrifa isla de Port Ducal en Barbados, al delta del Orinoco y a la selva amazónica peruana». En fin, una manera de visitar algunos espacios americanos que conozco, y otros que no.

Cuando anochezca, volveremos a seguir las noticias en la tele, y nos deprimirán los radicales enfrentamientos entre el gobierno y la oposición. Y luego veremos alguna película, o tal vez una serie. El otro día tuvimos la sorpresa de reencontrar *Los siete samuráis*, mas con nuestra recuperación de la ficción científica, hemos visto con delectación alguna nueva serie de *Star Trek* y una interesante y ominosa titulada *Stranger Things*. Y pronto comenzaremos otra titulada *Salvación*.

Como apunté antes, diariamente recabamos o recibimos noticias de la situación familiar —felizmente, todos siguen bien—, y no olvidamos el ejercicio. Yo recorro el piso en veinticinco o treinta sucesivos paseos tres veces al día —hoy ya lo he hecho una—, desde nuestro dormitorio hasta el salón, en el otro extremo de la casa, con muchas derivaciones, haciendo unos seis mil trescientos pasos —más de tres mil quinientos metros diarios, pocos si consideramos que los expertos recomiendan diez mil...—. Mari Carmen practica su yoga...

Ya ha llegado la tarde, y esperamos asomarnos a que nos dé un poco el sol en el balcón de nuestro dormitorio, sobre el enorme patio que comunica las traseras de todas las viviendas de la manzana.

Hoy, en el balcón del tercer piso, dos por debajo del nuestro, a la izquierda, veo que han encajado entre la barandilla y la ventana una pequeña mesa desmontable y que, con un libro a un lado y un cuaderno al otro, una mujer joven escribe en un ordenador portátil con mucha aplicación. No soy capaz de identificar la portada del libro, pero el borrón sutil despierta mi atención de un modo que no puedo comprender.

Luego Mari Carmen me contará que Yolanda, la conserje —que viene un rato al edificio todos los días laborables—, le ha informado de que esa chica es una sobrina de doña Pura, la propietaria y regular ocupante del piso, el tercero A del lado izquierdo, a quien el confinamiento la ha pillado visitando a su hermana lejos de Madrid, y que esta sobrina está viviendo en la casa desde hace más de una semana con su novio, un pintor muy bueno, según le ha dicho la propia chica, que se llama Teresa.

Al parecer residen en San Lorenzo de El Escorial e iban a estar solamente unos días en casa de la tía de la chica, pero también los ha pillado la encerrona del coronavirus...

En varios balcones y en algunas terrazas hay gente apoyada en las barandillas tomando este grato sol de la tarde, pero lo que en otros momentos podría tener algo de insólito y bullicioso hoy resulta mortecino de tan silencioso y estático. Y es que por ahí anda el maldito coronabicho, y según lo reiterativo de las noticias no parece que debamos suponer que nos vaya a dejar pronto.

Además, tales noticias son siempre deprimentes: la oposición atacando al gobierno con una saña tenaz, mientras los centros hospitalarios están atestados y la esforzada gente de la sanidad —a la que aplaudimos a las ocho de la tarde desde la ventana, como es obligado— trabaja en riesgo permanente, y las fuerzas militares, y las de seguridad, y la Guardia Civil, y los bomberos colaboran...

Pensamos en los que, por culpa del virus, lanzan el último suspiro —muchos de nuestra edad—, y en el dolor de las familias, que no pueden acompañarlos en los momentos finales ni en el entierro o cremación, y la verdad es que nos sentimos bastante consternados.

Intuyo el tiempo sin medida que nos espera en nuestro enclaustramiento y me imagino que mucha gente que, como yo, lleva años dedicándose a la escritura de ficciones, y otra que tenga la poesía o el ensayo como elemento al que derivar su imaginación, intentará ocuparlo trabajando en ello.

En mi caso, durante la mañana, mi principal tarea ha tenido que ver con la escritura. Hace poco he publicado un libro que es un recorrido por las dos partes del *Quijote* auténtico y el de Avellaneda desde una perspectiva de ficción, es decir, con estructura novelesca y plagado de cuentos, y como tengo prácticamente terminado un libro de cuentos —estos ya no quijotescos— que teóricamente debería publicar en la primavera de 2021, estoy repasando los escritos e intentando meter alguno nuevo que me sugiera la siniestra plaga...

Mari Carmen abandona el balcón y yo la sigo, pero mi curiosidad se ha encendido mucho con esa portada ininteligible, aunque familiar, de la joven y nueva vecina del tercero, y busco mis pequeños prismáticos para regresar al balcón. Cuando enfoco el libro, descubro que se trata de la biografía *La señora de la pintura. Vida de Sofonisba Anguissola*, escrita por Daniela Pizzagalli, que se publicó en Italia en 2003 y en España en 2018.

Y de pronto comprendo por qué la inicialmente borrosa portada fue tan sugerente para mí, hasta el punto de hacerme buscar los prismáticos que me la descifraron en mi fisgoneo: resulta que llevo años pensando escribir una novela sobre tal personaje, una magnífica pintora casi desconocida. Sin embargo, la exposición que se inauguró en 2019 en el Museo del Prado con motivo de su bicentenario, sobre ella y Lavinia Fontana —también muy ignorada en el mundo de la cultura—, había amortecido mi idea, ya que pensé que el personaje daría origen a numerosas ficciones.

Por ahora no ha sido así, pero investigando en internet descubrí que ya había varias publicadas antes de la exposición: una de Carmen Boullosa, en 2008; otra de Lorenzo de Medici, en 2009; otra de José Manuel

Echevarría Mayo, en 2017…, de modo que dejé descansar el proyecto. Aun así, entre mis libros conservo la citada biografía de la pintora escrita por Daniela Pizzagalli, otra de la que es autora Bea Porqueres, de 2018, y, por supuesto, el catálogo de la exposición a la que me he referido, *Historia de dos pintoras*, de cuya edición es responsable Leticia Ruiz Gómez.

¿Por qué había tenido yo la idea de escribir una ficción sobre Sofonisba Anguissola? Ante todo, por una oscura tendencia a ciertas ordenaciones personales que no puedo remediar: sería el modo de completar, con el tercero, mis libros sobre mujeres del Siglo de Oro… El primero, publicado en 1996, fue una novela sobre Lucrecia de León, la soñadora que dio origen a una peculiar cofradía y que fue castigada por la Inquisición, y el segundo, en 2016, otra novela que escribí a propósito de Oliva Sabuco de Nantes, *Musa Décima*, según Lope de Vega, autora de un texto memorable sobre la «medicina natural». Con el de Sofonisba cerraría la tríada, como una especie de símbolo de buen augurio apropiado para mi edad.

Además, yo había descubierto aquellos tiempos a través de mi atracción por las crónicas de Indias —tras mi conocimiento directo de Centroamérica, Panamá y México—, lo que me llevó a escribir una trilogía de aventuras centrada en la conquista de América… En fin, que el Siglo de Oro me resulta muy atractivo.

Y es que en Sofonisba hay muchas cosas fascinantes: ante todo, su indiscutible talento pictórico, pero también la historia de su vida: más de noventa años en los que conoció los espacios más interesantes de su época —aquellos en los que residían el poder y la creación artística— con una actitud personal muy bien aceptada por sus contemporáneos, pero en ocasiones sorprendente por ciertas decisiones que adoptó.

Me complace mucho que, a pesar de las sucesivas confusiones que han ido difuminando y ocultando su personalidad artística, su memoria y su obra se vayan recuperando, y que ya, entre los siete cuadros pintados por mujeres que se exponen en el Museo del Prado, a ella se le haya atribuido la autoría de cuatro...

Pero también es atractiva la historia de su persona: Sofonisba es un nombre púnico, como el de su abuelo, Aníbal, el de su padre, Amílcar, o el de su hermano, Asdrúbal, basado todo ello en la supuesta descendencia de su familia de los *Barca* —la «bárcida» estirpe cartaginesa tantos siglos anterior—, aunque ya en su época fuesen totalmente italianos y miembros de la nobleza menor asentada en Cremona.

Amílcar, el padre, tuvo dos matrimonios, el primero estéril, lo que determinó la disolución del vínculo, y el segundo con cinco hijas y un hijo. No poseía fortuna suficiente como para dotar a las hijas o darle al hijo riqueza económica, pero procuró que su prole tuviese una sólida formación en el terreno del arte y del humanismo: así fue como Sofonisba se convirtió en una excelente pintora, cada vez más conocida por personas influyentes, y la noticia de su calidad artística acabó haciendo que fuese solicitada como dama de compañía e instructora en materia de dibujo y pintura para la futura esposa de Felipe II, Isabel de Valois, nada menos.

Por otra parte, a mí siempre me ha atraído la pintura y he tenido y tengo amigos pintores. Cuando llegué a Madrid para estudiar Derecho, conocí a un muchacho que estaba en mi mismo grupo por su apellido, Antonio Madrigal. Conservo tres magníficos óleos suyos de aquellos tiempos, cuando apenas teníamos diecisiete años, y algún otro muy posterior y muchos dibujos, porque además de pintar practica el chiste con gracia... —todas las semanas publica chistes en *El Adelantado* de Segovia—. Y mantengo muy buena relación con José Carralero, magnífico pintor, y con su mujer, Macarena Ruiz, también estupenda pintora, y tenemos en casa bastantes esculturas, cuadros y grabados de artistas, algunos de ellos amigos míos a través del tiempo —Antón Díez, Maribel Fraguas, Juan Carlos Mestre, Luisa Zotes Ares, Mario Ortiz, José de León, Félix de la Concha, Manuel Alcorlo, Guillermo Pérez Villalta, Juan Terreros...—, y de otros desgraciadamente fallecidos, como el también poeta Diego Jesús Jiménez, y Orlando Pelayo, y Tino Gatagán, y Emiliano Ramos, y Luz Rodríguez Guillén, y Manuel Jular, y Fernando Sáez, y Juan Genovés, y Álvaro Delgado, y Rafael Munoa.

Hasta poseo una preciosa acuarela del famoso fotógrafo del primer tercio del siglo xx Alfonso Pérez García, *Alfonso*, donde se ve la catedral de León.

Nuestra última adquisición ha sido un cuadro de una sobrina nieta llamada Patricia de Norverto y que firma como *Unpatrus*, en el que se cruzan la paz florida del Retiro con el bullicio automovilístico madrileño.

El caso es que el descubrimiento de esa joven vecina interesada en Sofonisba ha estimulado en mí el interés que se había inmovilizado, tanto en lo pictórico como en lo novelesco.

«¿Qué puede estar haciendo esa chica?», me pregunto. «¿Estará escribiendo un trabajo académico?». Me imagino que, si es profesora, se pasará bastante tiempo del día sentada delante del ordenador, atendiendo las clases de sus alumnos, como le pasa a mi hija María, que junto con su marido Paco —geólogo que me descubre la naturaleza del mundo que piso cuando andamos por el monte o la costa— y mi nieta Ana ha quedado encerrada en San José de Níjar, donde los pilló el confinamiento en el trance de pasar un fin de semana. También a mi hija Ana la pandemia la atrapó en Madrid, cuando estaba terminando de presentar *El mapa de los afectos*, la novela con la que ganó el Premio Nadal, y como no pudo regresar a Estados Unidos atiende a sus alumnos de la Universidad de Iowa telemáticamente. Menos mal que está en compañía de su marido, Manuel Vilas, a quien la encerrona lo obligó también a suspender ciertas presentaciones de su novela *Alegría*, que fue finalista del Planeta, ya que, antes de la ominosa pandemia, los hados tuvieron a bien bendecirlos con esos galardones... Mas ahora toda la familia está dispersa, porque también mi nieto Pablo se encuentra encerrado en su apartamento, y nos envía de vez en cuando una lista de emoticonos...

De manera que busco en el disparatado desorden de mi despacho las dos biografías y el catálogo de Sofonisba, hasta que acabo encontrándolo todo al lado de los libros quijotescos con los que tanto he trabajado, y me siento ante el ordenador para echar un vistazo a lo que haya sobre la pintora. Por pura inercia abro antes el correo electrónico para ver las novedades, abundantes en estos momentos confusos, y me encuentro con un correo de Juan Casamayor, editor de varios de mis libros de cuentos, en el que me dice que quiere preparar «un vídeo colectivo de todos los autores del catálogo para animar a los libreros y las libreras que esperan con las librerías cerradas volver a la normalidad»... No hay que hablar, sino mostrar un mensaje escrito... Y después de darle unas cuantas vueltas me grabo a mí mismo con el móvil, enseñando un mensaje escrito en un cartón. Cuando leo el resultado de mi grabación, descubro que el mensaje sale al revés, de modo que lo reescribo de la forma apropiada —a la inversa— para que salga bien, y lo vuelvo a grabar. He reproducido el título del cuento sufí...

y me gustaría estar impregnado de esa filosofía, pero lo cierto es que no puedo aplacar del todo la desazón del encierro, de las penosas noticias sobre el avance de la pandemia, de la falta de criterios unificados entre los políticos...

Una vez terminada y enviada la grabación, y pensando en el paseo doméstico que me espera, vuelvo a abrir Google para buscar datos sobre Sofonisba Anguissola y me encuentro con casi las mismas ilustraciones que vienen en las biografías y en el catálogo que tengo sobre la mesa. El famoso retrato de Felipe II atribuido a Sánchez Coello resulta que es suyo... Y parece que también ese de *La dama del armiño*, asignado al Greco...

Bueno, al menos tengo algo interesante en lo que entretenerme durante estos ominosos días: leer a fondo las biografías de esos textos e ir completando mis lecturas con las referencias de internet. Aunque también me gustaría enterarme de la relación de mi nueva vecina con Sofonisba...

Mas ahora lo que me toca es andar y andar por el pasillo, y entre las puertas, las sillas y las camas...

Terapia de Tere / A

La idea debió de ocurrírsele de repente, el 8 de marzo, Día de la Mujer, mientras veíais en el telediario la manifestación de Madrid.

Seguro que no estaba muy atento a las imágenes, porque se levantó de repente, hizo una llamada en su móvil y se fue al pasillo para hablar con su interlocutor. Al regresar, bajó el nivel de sonido de la tele y te lo dijo:

—Acabo de hablar con Salinas y voy a verlo el martes. Nos largamos a Madrid esta misma tarde y nos quedaremos allí hasta Semana Santa. Voy a ir preparando todo lo de la exposición. Habla con tu tía Pura para avisarla de que vamos a quedarnos en su casa...

Claro que no podías imaginarte eso. La verdad es que venir a Madrid te daba pereza, y preferías seguir en tu casa, en San Lorenzo de El Escorial, hasta que llegasen las vacaciones de Semana Santa, y dejar la visita larga a Madrid para entonces...

—¿Que hable con mi tía Pura? ¡Pero si está en Oviedo, con mi tía Mari!

—Tienes una copia de las llaves de su casa. Vamos allí y nos instalamos...

Fortu estaba demasiado nervioso con la organización y el montaje de la dichosa exposición.

—Es una de las mejores galerías de Madrid, no se pueden dejar las cosas para última hora... —repetía.

—Pero si la vas a presentar en octubre, Fortu, en octubre —le decías tú—. Pues mira que no quedan meses. ¡Estamos en marzo!

—Viene la Semana Santa, y luego enseguida el verano. Quiero hablar con ellos sin prisas, calcular los espacios... Además, desde lo alto del edificio donde está el piso de tu tía hay una panorámica estupenda de Madrid, y aprovecharía para pintarla ya de una vez. Me llevaré esos doce lienzos que tengo preparados para ello... Y debo mirar cómo los puedo encajar en la sala de la galería de arte, necesito una pared de más de diez metros.

El que no hubiese contado contigo antes de hablar con Salinas, el dueño de la galería de arte, te molestó. En Fortu era bastante habitual que te implicase en sus cosas sin avisarte, pero esta vez te sentiste demasiado ninguneada. Además, parecía que lo hubiese hecho considerando tu situación, porque con esa lógica humorística un poco cínica que muchas veces utiliza, te lo dijo:

—Venga, Tere, si te hago un favor. Te ahorro la paliza del coche. Vas a estar en Madrid, chata, y muy bien comunicada. De la casa de tu tía al Retiro, en metro, son seis estaciones, lo he visto en el plano de la red... Vas a estar en tu biblioteca en un pispás.

Qué ibas a hacer. Llamaste a la tía Pura para contárselo: que Fortu necesitaba estar unos días en Madrid para ir arreglando las cosas con el galerista de su exposición, y que además quería pintar una serie de cuadros desde la terraza del edificio donde estaba su piso. Que si podíais residir allí. Que sería casi un mes: hasta Semana Santa...

—Pues me das una alegría, sobrina. Encantada de albergaros. Vete cuando quieras, que tienes las llaves. Yo llegaré el 15, y habría estado más sola que la una hasta que tu prima Enriqueta volviera de Londres, también en Semana Santa, así que os agradeceré la compañía...

Como en todas las empresas que os afectan a los dos, fuiste la responsable de las tareas del traslado, desde preparar el equipaje de la ropa y tus cosas —ordenador, algún libro...—, a la adaptación al nuevo entorno doméstico. Fortu solamente se ocupó de lo suyo —la ordenación de los lienzos, el empaquetado del material pictórico y algo del instrumental que suele usar para cortar, serrar, etcétera, con lo que consiguió llenar el maletero y los asientos de atrás—. Menos mal que el edificio de la casa tiene garaje y que la tía, como se había llevado su coche, dejó libre la plaza, como te contó cuando hablasteis por teléfono.

Por otra parte, la casa de la tía Pura está muy bien rodeada de mercados, supermercados y tiendas de abastecimiento, y el lunes por la tarde, al regresar de la biblioteca, hiciste la compra para la semana y le dejaste preparada a Fortu la comida del martes, porque él es incapaz hasta de freír un huevo...

Sin embargo, vuestra llegada a la casa de la tía Pura había dado ocasión al primer enfrentamiento. Al deshacer el equipaje, sacaste el cuadro que le traías de regalo a la tía, envuelto en papel. Al verlo, él se acercó.

—¿Y eso?

—Se lo traigo a la tía. Es uno de los cuadros que me pintaste cuando empezamos a vivir juntos en San Lorenzo.

—¿Que te pinté?

Te quedaste desorientada.

—Pintaste tres pequeños, de este tamaño, y los colgaste en la pared del dormitorio. ¿No eran un regalo?

39

—Mira, Tere, cariño, si regalo un cuadro, lo dejo claro. ¿No te acuerdas del que te llevé a casa el primer día que me invitaste a comer? ¿Y no te acuerdas de los de tus cumpleaños? Ese día te regalo uno, y te lo digo, «esto es para ti»... Y, además, creo que hasta te doy un beso...

Tu desorientación se había transformado en una sorpresa desagradable, incrementada por ese humor tan extraño que él suele manifestar.

—¿O sea que, salvo ese que me trajiste el primer día y los tres de mis cumpleaños desde que vivimos juntos, ninguno del montón de cuadros que están colgados en las paredes de mi casa es mío?

—Los tres de tu cumpleaños y el que te regalé el día que me invitaste a conocer tu casa, guapa... ¿Te parece poco? Desde luego, este no se lo vas a regalar a tu tía, porque forma parte de un tríptico que tengo en gran aprecio.

—Nos deja su casa con toda generosidad...

—Tranquila, seguro que pinto algo para ella. Tenemos muchos días por delante. Pero mi pintura es mía, a ver si te enteras... Y aunque esa casa de El Escorial de arriba la hayas heredado de tu abuela, yo comparto los gastos sin chistar... Y repito: si regalo un cuadro, lo digo.

Aquella fue la primera ocasión de disgusto con Fortu en el tiempo del traslado a la casa de la tía Pura. Además, no era cierto que compartiera los gastos, pues solo le pedías dinero cuando lo veías absolutamente necesario. Al fin y al cabo, tú tenías un buen empleo y él solo cobraba algo cuando vendía un cuadro. Aunque, eso sí, el dinero lo metía en una cuenta que tenía con su padre, lo que no te acababa de gustar, porque acaso lo lógico hubiese sido, cuando empezasteis a vivir juntos, abrir una cuenta común para afrontar determinados gastos.

Mas lo cierto es que la nueva ubicación te resultó muy cómoda, porque desde la casa de la tía Pura estabas a veinte minutos de la biblioteca, y no solo ahorrabas tiempo en el viaje, sino toda la tensión de las carreteras cargadas de vehículos.

Por su parte, Fortu, ya al día siguiente de llegar, había subido a la terraza con uno de sus grandes lienzos y un caballete para ir pintando esa panorámica de trescientos sesenta grados que tanto tiempo llevaba queriendo realizar.

Ese planteamiento de Fortu sobre pintar «del natural» no lo acabas de entender, pues él no es un pintor hiperrealista, aunque ciertamente los volúmenes, los colores, las sombras de sus cuadros vienen a reflejar de un modo peculiar los espacios reales.

—Yo soy un *postodo*, a ver si te enteras. Postrealista, postexpresionista, postcubista...

—¿Y no te servirían unas fotos de la panorámica? ¡Trabajarías mejor aquí abajo!

—Trabajo más a gusto arriba, porque en cierto modo lo mío es pintura del natural, aunque pasada por el filtro de la imaginación..., y me gusta ver las cosas desde lo alto. Soy demasiado majestuoso, querida Tere.

Lo habías conocido en una exposición. Tu amiga Lucía, de obra tan menospreciada por Fortu —ambos habían compartido estudios en Bellas Artes— y cuya amistad se ha enfriado mucho desde que te emparejaste con él, había presentado un cuadro a un concurso de una institución llamada Círculo Artístico, que había sido seleccionado, y asististe al fallo.

El premio fue para Fortunato Balbás, ese chico flaco y alto con el que vives casi desde entonces y que, cuando le tocó hablar, al hacerse público el fallo, te pareció divertido por lo desenfadado de su intervención.

«No tengo más remedio que reconocer que el jurado de este concurso es muy respetable, pues ha acertado plenamente. Y que conste que presenté mi cuadro sin saber quiénes eran sus componentes. Yo no bebo, pero luego me tomaré un vinito a su salud, deseando que continúen teniendo un criterio tan sabio», dijo más o menos, y te pareció simpático y rompedor.

En la copa que cerraba el acto, tras mirar con atención el cuadro —una imagen del interior de la estación de Atocha que consideraste muy atractiva por la mezcla de estilos, pues era impresionista, expresionista y hasta lindaba con el abstracto, aunque lo que allí se representaba era sin duda la estación, con su arbolado interior—, quisiste conocer al desenvuelto autor y te acercaste a él para saludarlo.

—No te felicito porque no es necesario, según lo que has expresado —le dijiste, intentando imitar el tono de su intervención—, pero que conste que tu cuadro me parece muy interesante.

—Eso indica que tienes buen gusto, como el jurado —repuso él.

Continuó la conversación y se produjo una atracción recíproca. Le contaste que eras bibliotecaria y que residías en San Lorenzo de El Escorial, aunque cada día bajabas a trabajar a Madrid.

—Vivo en un chalecito que era de mis abuelos, donde ellos veraneaban, entre pinos y ardillas. Me encantaba el sitio desde que era niña, visité muchas veces a mi abuela durante sus últimos años, y me lo dejó en herencia.

Él te contó que hacía muy poco que había venido de Roma, donde había estado un par de años con una beca de la Academia de España...

—Ahora vivo en una mierda de pensión, mientras voy buscando un sitio mejor para acomodarme. Necesito un lugar un poco grande, donde pueda meter todos los trastos...

Vuestra charla fue larga, intercambiasteis teléfonos y al día siguiente, por la tarde, te llamó para decirte que quería visitarte, de manera que lo invitaste a comer contigo el sábado.

—Es El Escorial de arriba, ¿no?

—¿En qué vas a venir?

—En el cercanías.

—Sí, es el de arriba, San Lorenzo, pero no te preocupes, cuando estés cerca me llamas y voy a buscarte. No vivo lejos de la estación, es para que no te enredes con las calles.

De modo que fuiste a esperarlo a la estación. Traía un paquete rectangular, y al llegar a la casa miró con detenimiento los pinos que rodean el chalecito.

—Esto está muy bien — dijo—. No te quejarás...

—Me encanta este sitio desde la infancia, ya te lo conté.

Te entregó el paquete:

—Esto es para ti...

Es un cuadrito precioso que representa un jarrón con flores donde todos los estilos modernos se integran. Lo tienes colgado en la cabecera de tu cama.

—Eres un maestro —le dijiste, sin poderlo remediar.

Te miró complacido.

—Claro que lo soy...

Ya entonces deberías haber advertido esa soberbia que lo impregna, pero te dejaste engañar por las trampas del amor. Pensabas que sus muestras de prepotencia eran señal de un notable sentido del humor, y eso te enternecía aún más.

Serviste lo que habías preparado —jamón de Pozoblanco, chorizo leonés, una ensaladilla rusa nutrida de estupendas gambas y un chuletón de ternera—, y se lo comió todo con ganas. Te pareció que le gustaba, aunque no hizo demasiados comentarios elogiosos, lo que interpretaste como una señal de discreción y no de mezquindad. Luego tomasteis un café. Tú habías bebido un poquito de vino en la comida, y él una cerveza sin alcohol. Miraba esos dos cuadros que también heredaste de tu abuela, dos paisajes decimonónicos que te encantan desde que eras niña, y le preguntaste qué le parecían, pero como si se le hubiese cruzado la idea en ese instante te dijo que en la Academia de Roma había visto pintar unos paisajes horrorosos.

—Por cierto —prosiguió él—, en el jardín hay un hórreo de piedra gallego que al parecer la policía expropió a unos tipos cuando intentaban llevárselo a América. Lo habían vendido como si se tratase de un templo etrusco. Estamos rodeados de sinvergüenzas y timadores...

Seguiste preguntándole sobre su relación con la pintura, su vida en Roma, y él continuó mostrando ese extraño humor, que te resultaba cada vez más seductor.

A eso de las seis le propusiste dar una vuelta por el pueblo.

—El monasterio no queda lejos —señalaste.

Mas cuando ya ibais a salir te agarró, te abrazó y os besasteis, repitiendo una vez más la imagen tópica de los enamoramientos apasionados.

Como amante, lo cierto es que en aquella ocasión Fortu estuvo muy bien. Te acarició con la sutileza de un maestro del pincel, acertó con el momento adecuado para culminar y lo hizo con pericia, aunque en tu valoración sin duda influía el hecho de que llevabas bastante tiempo —desde la muerte del pobre Álvaro, dos años antes— sin tener relaciones carnales...

El caso es que hicisteis una merienda-cena grata, que Fortu se quedó a dormir, que el abrazo satisfactorio se repitió y que, al día siguiente, domingo, disteis el paseo abortado la tarde anterior.

—Nunca había pensado que podría pintarlo... —dijo, cuando llegasteis ante el monasterio—. Como voy a volver, me traeré el caballete y las cosas la próxima vez.

Ese día no comisteis en casa, sino en un restaurante cercano, habitual para ti. Al acabar, después del café, cuando llegó el momento de irse, como él no pedía la cuenta fuiste tú quien lo hiciste, algo confusa ante la naturalidad con que él te miraba mientras sacabas la cartera del bolso y pagabas.

Pensaste que tal vez estaba sin blanca, pero el caso es que no te dio las gracias, sino que cuando trajeron la vuelta y vio lo que dejabas de propina, te hizo una observación sorprendente:

—¿Cinco euros? ¿No te parece demasiado?

—Vamos, Fortu, hemos comido muy bien, y además yo vengo mucho aquí, los conozco...

—Ya, pero cinco euros... En fin, cada uno hace lo que quiere con su pasta...

El lunes bajó contigo en el coche, por la mañana, y lo dejaste donde te dijo, en Argüelles. Dos días después, fuiste tú quien lo llamó para quedar el siguiente sábado, y a lo largo de tres fines de semana volvisteis a repetir vuestros encuentros amorosos, muy satisfactorios para ti.

El segundo sábado, en vuestro paseo matinal hasta el monasterio, él compró una pizza y unas alitas de pollo y dijo:

—Esta vez invito yo...

El caso es que el tercer fin de semana decidisteis que él se mudaría a tu casa y que viviríais juntos. Así, el sábado siguiente tú te ocupaste del traslado, llenando tu coche con todo su equipaje y sobre todo los lienzos, pintados y sin pintar, que él había sacado de la modesta pensión en la que vivía.

Al llegar a tu casa y entrar en la sala, te dijo con mucha seguridad:

—Me vendría muy bien esto como taller.

Estuviste a punto de acceder, pero no podías.

—Lo siento, Fortu, pero aquí está el comedor, es la sala de estar, con el sofá, donde me reúno con las visitas, donde veo la tele.

Sin pensarlo demasiado, decidiste cederle tu cuarto de trabajo.

Cuando lo vio, no dijo nada.

—Ya sé que es más pequeño —comentaste—, pero ya verás como aquí estarás cómodo. Además, el ventanal da al jardín, a los pinos y a las ardillas...

—Me acomodaré, en efecto, qué remedio. ¿Estas librerías se quedarán aquí?

—Las trasladaremos a la habitación pequeña. Creo que cabrán. Pondré allí mi nuevo escritorio —respondiste, comprendiendo que tú sí que ibas a estar en un espacio estrecho.

Pero pensabas que aquel chico se lo merecía todo.

Vida de Sofonisba, II
Antes de Madrid

El maestro Giulio Clovio y Sofonisba se entendieron muy bien y, en sus charlas, Sofonisba supo que Clovio, casi cuarenta años mayor que ella, sentía simpatía por todos los artistas primerizos, y que había tenido entre sus discípulos a un joven miniaturista del que se hablaba también como muy prometedor, Doménikos Theotokópoulos, aunque Sofonisba no conocía ninguna obra suya.

De su relación con Giulio Clovio le quedaría la práctica de bastantes autorretratos y retratos de otros en forma de miniatura, y para agradecer al maestro sus enseñanzas pintó el cuadro de tamaño normal que se había propuesto, en el que Clovio, sentado ante una mesa, en el trance de pintar una miniatura, se ha detenido para mirarnos con su afectuosa serenidad...

Cuando terminaron sus prácticas con Giulio Clovio, Sofonisba se dedicó a pintar con calma en su casa.

Tenía muy buenos dibujos de todos los miembros de la familia y de los sirvientes, y tras revisarlos y recuperar los rostros naturales haciéndolos posar durante algunos ratos, pintó una partida de ajedrez entre Lucía y Minerva, mientras Europa y la vieja Adelina las contemplan, que habría de resultar famosa en toda Cremona, hasta el punto de que mucha gente, primero familiares y amigos y luego amigos de amigos, pidieron visitar la casa de los Anguissola para conocer el cuadro. Esa obra fue determinante para que la fama de Sofonisba se engrandeciese.

Además, ya que había perdido la compañía de Elena en su trabajo, decidió iniciar en el arte a sus hermanas Lucía, Minerva y Europa, y a su hermano Asdrúbal —que, sin embargo, prefería tocar el violín—, de manera que aquella sala que habían utilizado Elena y ella como taller se convirtió en un lugar bullicioso, con gran satisfacción de sus padres, pues enseguida Lucía mostró unas magníficas cualidades pictóricas.

Llevaba ya un tiempo entretenida en esa tarea, lo que no le había impedido pintar nuevos autorretratos. Su padre Amílcar acostumbraba a enviárselos a sus amigos y a ciertas personas influyentes, y un día, cuando Sofonisba le preguntó a su madre por qué lo hacía, esta le contestó algo que la joven comprendería con el paso del tiempo:

—Mira, hija, somos gente de la nobleza, pero no tenemos dinero... Hay que procurar cultivar las buenas relaciones, hay que dar a conocer tu arte... Es una forma de ayudarnos a ir consiguiendo lo que necesitamos... Un cuadro pintado por una mujer no puede venderse, pero sí regalarse.

Sofonisba, aunque ya era joven y no una adolescente, estaba tan entregada y disfrutaba tanto de la pintura, que había muchas cosas en las que no se le ocurría pensar.

—¿Una forma de comprar lo que necesitamos?

—Se puede ver así, sí...

Fue la primera vez que Sofonisba tuvo conciencia de que la importancia de lo que pintaba iba más allá del arte y tenía también valor de mercancía.

Una noche, ya acostados los pequeños, sus padres le dijeron que le habían encontrado un posible marido. Sofonisba quedó aturdida, porque ese era un tema en el que no se le había ocurrido pensar. Aturdida y asustada, porque cuando los padres le dijeron quién era el candidato, al recordarlo borrosamente no vio en él nada interesante.

—Pero yo no tengo prisa en casarme, padres míos —dijo, de forma que mostraba su malestar—. Yo estoy muy a gusto con la vida que llevo...

—¿Es que hay alguien que te atraiga? —preguntó su madre, con el rostro serio que ella había reflejado en un retrato reciente en que la había pintado vestida con una elegancia fastuosa.

—Nadie, os lo prometo. Me satisface esta vida familiar...

Amílcar y Blanca se miraron con evidente perplejidad.

Sofonisba dio por terminada la conversación y se despidió de ellos cariñosamente.

—No olvides que mañana Asdrúbal, Minerva y yo tenemos que seguir posando para los bocetos de ese retrato que nos has prometido —dijo Amílcar.

—Y Lito, añadió Sofonisba —mentando al pequeño perro que ahora los acompañaba, tras la muerte por viejo de Bebo...

—Y Lito, naturalmente —respondió Amílcar, echándose a reír.

Sofonisba se fue a su alcoba, se acostó y tardó un rato en quedarse dormida. Pensaba que el matrimonio, además con alguien hacia el que no sentía ningún interés, podía interferir de manera imprevisible en su gustosa afición a pintar. Sabía de sobra que la voluntad de los maridos era determinante, decisiva, en la vida conyugal. Tenía muy presente, por ejemplo, que la magnífica escritora Paternia Gallerati, con quien la unía a través de su madre cierta relación familiar, había dejado de escribir después de casarse.

En cuanto a la necesidad de un varón, tan acuciante en algunas mujeres, ella, como no había conocido todavía a ninguno que despertase fogosamente sus apetitos, podía satisfacerlos por ahora sin necesidad de compartirlos con nadie...

Por suerte, pocos días después su padre habló con ella a solas para contarle, como si fuese un secreto, que el matrimonio del que habían hablado quedaba descartado, porque el candidato no le parecía en lo económico lo suficientemente respetable, y Sofonisba se sintió muy aliviada...

Aparte del retrato de Amílcar, Europa y Asdrúbal, que había empezado, haciéndolos posar para perfeccionar la imagen de sus rostros, Sofonisba continuaba enseñando a dibujar a sus hermanos.

Mas, de modo inesperado, a través de dos mensajes llegó la noticia que cambiaría su vida.

En uno, Gonzalo Fernández de Córdoba, duque de Sessa y gobernador de Milán —nieto del llamado Gran

Capitán y hombre muy culto—, les hacía llegar la invitación de Fernando Álvarez de Toledo y Pimentel, duque de Alba, en nombre del rey Felipe II, de quien era mayordomo, para que Sofonisba se incorporase al séquito de la futura esposa del monarca, Isabel de Valois, como dama de honor e instructora en materia pictórica. En otro, el conde Brocardo Persico los felicitaba muy complacido, porque él había sido el interlocutor del duque de Alba y el responsable de la recomendación al rey en aquel asunto, ya que, al parecer, conocía y apreciaba la obra de Sofonisba y sus condiciones personales le parecían idóneas para acompañar e instruir a la futura reina.

Para los padres de Sofonisba la invitación fue motivo de extraordinario júbilo, aunque supusiese el alejamiento de aquella hija tan amada por ellos. También Sofonisba se sentía complacida y halagada, lo que aplacaba la inquietud por la ignorancia sobre los nuevos ámbitos que iba a conocer y la pena por tener que irse tan lejos de la familia.

—Vas a ser dama principal de la reina del mayor imperio del mundo... Además, enseñándole a pintar —dijo Amílcar.

—No te imaginas lo orgullosos que estamos, hija querida —añadió Blanca.

Amílcar celebraba, además, las buenas condiciones económicas que llevaba consigo aquella adscripción a la corte, y Blanca, la elegancia de los ambientes en que se iba a mover.

Había que pensar en prepararse para la partida. Sofonisba tenía que viajar primero a Milán, adonde la acompañarían sus padres y su hermana Lucía. Minerva, Europa y Asdrúbal quedarían mientras tanto en Cremona, con una hermana de Blanca. En Milán se alojarían en el palacio ducal, hasta la partida a España de la hija mayor, acompañada por el conde Brocardo Persico.

Por las prisas y los preparativos para el viaje, Sofonisba no tuvo ocasión de terminar el retrato de Amílcar, Europa y Asdrúbal, pero pensó que alguna vez le daría las últimas pinceladas y el asunto dejó de preocuparla enseguida, porque Milán resultó ser una ciudad deslumbrante. No es que Cremona no fuese hermosa y no estuviese llena de vida, pero la capitalidad de Milán era evidente, tanto por la abundancia de grandes y bellos edificios como por los comercios y los teatros.

Claro que no había la tradición musical de Cremona, pero tampoco la música faltaba allí. Por otra parte, muchos espacios de la ciudad, más que en Cremona, estaban atestados de toda clase de vendedores callejeros, que ofrecían desde fruta a carbón pasando por harina, pescado, verduras e innumerables productos convenientes para la vida diaria.

El duque de Sessa recibió con mucho afecto a Sofonisba y a su familia —a quienes siempre acompañaba el conde Brocardo Persico—, y tanto Sofonisba como Lucía se ofrecieron a retratarlo, ya que hasta la partida a España había tiempo suficiente, y lo hicieron, para gran complacencia del duque, que a Sofonisba le hablaba siempre en español para que se familiarizase con la lengua de la corte donde iba a vivir, y que como agradecimiento por los retratos les regaló ropas suntuosas y preciosas joyas.

En el palacio ducal estaba esos días un hombre de raza negra llamado Juan Latino. Al parecer, había sido uno de los esclavos del duque y, tras ser liberado por su inteligencia y cursar estudios superiores, se había convertido en profesor y poeta. Sofonisba y Lucía tuvieron con él estupendas conversaciones, y Lucía hizo un retrato suyo mientras su hermana pintaba el de Massimiliano Giovanni Stampa, hijo del marqués de Soncino, un niño de nueve años que había quedado huérfano poco tiempo antes.

Cuando Sofonisba vio cómo lo habían preparado para el retrato se quedó sorprendida, porque el niño vestía muy formalmente, con unas ropas que reproducían las de los mayores, y además negras, sin duda como muestra de luto. Y decidió que ella haría que en el gesto y el aire del modelo no se perdiese nada de su condición infantil y de su actitud, algo entristecida.

En ese momento entró corriendo en la sala uno de los perros de la duquesa, lo que los sorprendió mucho. Enseguida llegó también apresuradamente Lucinda, una criada.

—¡Perdón, ahora me lo llevo! —exclamó, señalando al perro.

—Sí, sácalo para que estemos tranquilos —dijo Sofonisba.

—¿No te gustan los perros? —preguntó Massimiliano, y Sofonisba advirtió que se le habían entristecido aún más los ojos.

—Claro que me gustan, yo tengo uno —repuso Sofonisba, recordando con pena a Lito, al que acaso nunca más volviese a ver, pues había quedado en Cremona con sus hermanos.

—¿Tiene nombre tu perro? —preguntó el niño.

—Tuve un perro muchos años, que se murió de viejo, al que llamaba Bebo. Y ahora tengo ese otro, al que llamo Lito... Es muy bueno.

—Yo también tengo uno al que llamo Murgo —dijo el niño—. ¿Por qué no dejas que se quede aquí este? —preguntó, con cierta timidez—. Mira cómo mueve el rabo mientras nos mira...

Sofonisba le dijo entonces a Lucinda que dejase que el perro permaneciese en la sala.

—No nos molesta, y a Massimiliano le gusta...

Mientras hacía los dibujos del niño, el perro se tumbó en un rincón y se quedó dormido, y Sofonisba aprovechó para dibujarlo también. Luego hizo que el niño se acercase a uno de los extremos de la columnata que rodeaba el salón y le pidió que adoptara varias posturas, de las que también fue haciendo bocetos.

Entonces Sofonisba tuvo una idea.

—¿Te importaría que detrás de ti apareciese el perro?

A Massimiliano se le volvieron a encender los grandes ojos.

—¡Me encantaría!

—Ahora te vas a sentar ahí, que quiero retratarte la cara, para ir acostumbrándome...

Sofonisba estuvo trabajando largo rato, y por fin dijo:

—Ya vale por hoy. Mañana empezaremos el cuadro. Y pintaré detrás de ti al perro dormido... Tenemos que enterarnos si tiene nombre...

El caso es que el retrato fue muy valorado, y Sofonisba supo por el padrino Brocardo que había en Milán muchas personas importantes deseosas de que las retratase, pero a la vista de su inminente viaje no podía comprometerse, porque además tenía que pintar varios autorretratos que exigían las relaciones paternas, uno para el propio rey de España.

Como sabía que su querido maestro Bernardino Campi estaba en Milán, había traído con ella, para regalárselo, un cuadro que había pintado en Cremona y en el que había materializado su homenaje al maestro, de forma que él figuraba retratándola a ella.

En su cuaderno de dibujo tenía muchos apuntes sobre el maestro pintando, y en el cuadro hizo que su propio torso sobre el lienzo en el que él aparecía trabajando fuese tan grande como el de Campi.

Por aquellos días conoció a un pintor de su edad, Giovanni Paolo Lomazzo, que colaboraba en ciertas obras ornamentales del palacio ducal y de quien ella había visto, en el mismo palacio, un interesante autorretrato, donde aparecía él entre símbolos silvestres, y que con el tiempo llegaría a ser un importante filósofo de la pintura.

Cuando Giovanni Paolo Lomazzo vio el retrato de Campi pintándola, le dijo:

—No sé por qué habéis mantenido vuestra talla del tamaño de la suya... Sin duda llegaréis a tenerla mayor...

Aquel comentario inesperado sorprendió a Sofonisba de una forma desagradable.

—¿Qué decís? Lo que he pretendido es que se vea bien que soy pintora gracias a él. Eso que afirmáis me disgusta.

En el rostro de Lomazzo hubo también un gesto de confusión.

—Perdonadme, Sofonisba, no me he explicado bien, no he querido decir nada malicioso. Creo que sois una pintora tan grande como el Tiziano, y eso el tiempo lo dirá.

A Sofonisba le pareció que en aquella declaración había sinceridad, pero repuso:

—No sé si ahora habéis pasado de la burla al halago, pero lo cierto es que todo lo estimable que pueda tener como pintora se lo debo a la formación que me dio el maestro Bernardino Campi.

La noticia de que la joven pintora cremonesa que iba a ser dama de honor e instructora pictórica de la reina de España estaba en Milán suscitó mucha atracción en la nobleza, y se sucedieron las invitaciones a fiestas y banquetes. Entre los pintores que Sofonisba conoció en esas ocasiones, además de Lomazzo, le pareció muy interesante y sugestivo Giuseppe Arcimboldo, un joven más o menos de su edad que representaba los rostros mezclando frutas, hongos, flores, hortalizas u objetos diversos, recreando ojos, narices, orejas, mejillas, labios, mentones... de un modo extraño, misterioso y sorprendente, muy alejado de su concepción del retrato, pero que evidenciaban el talento del autor.

—En lugar de adornarse con flores y vegetales, como habéis hecho vos en vuestro autorretrato, lo convierte todo ello en la materia misma del retrato...

—Lo llaman «cabezas compuestas» —repuso Lomazzo—. Es muy interesante, y muestra la capacidad expresiva del arte de la pintura.

Por otra parte, la nobleza de la ciudad que frecuentaba las fiestas de los duques era muy aficionada al baile, y a Sofonisba le encantaba bailar y disfrutaba mucho de una danza que se había impuesto recientemente, llamada pavana.

—¡Nos vamos a quedar en Milán! —decía Amílcar con humor, encantado de las nuevas relaciones que estaba estableciendo con gente importante.

Mas llegó el día en que el duque de Sessa, que también estaba muy satisfecho de tener con él a Sofonisba y los suyos, le comunicó a Brocardo que tenían que prepararse ya para partir.

Amílcar escribió al rey Felipe II una carta muy emotiva, y tanto él como su esposa Blanca y su hija Lucía se despidieron de Sofonisba con una extraña mezcolanza de dolor y alegría, antes de regresar a Cremona.

La misma mixtura de tristeza y júbilo bullía en Sofonisba. En primer lugar, la desolaba no saber cuándo volvería a ver a su familia, mas, por otro lado, ya el hecho de que el duque de Sessa hubiese dispuesto para ella una numerosa comitiva la llenaba de inusitada satisfacción.

Sus principales acompañantes eran su padrino, el conde Brocardo Persico, y el más joven hermano de su madre, su tío Alessandro Ponzoni, al que también le habían asegurado un empleo en la corte del rey. Pero, además, irían en el séquito dos damas, doña Aurora Ricci y doña Evangelina Colombo, y seis criados. El destino era Génova, donde embarcarían en la nave que debía llevarlos a Barcelona. Fueron con ella, en carroza, las damas y los caballeros, y los seis criados los seguían a caballo.

En Génova, la vista del mar, aquella inmensa llanura azul, inestable y cambiante, que era la primera vez que contemplaba, le produjo una intensa emoción.

Tardarían más de una semana en llegar al puerto de Barcelona, ya en España; el mar estaba muy revuelto, lo que a Sofonisba la alteró especialmente, y existía el peligro de los piratas, pero era algo que afrontaban continuamente los navegantes.

Fascinada por las aguas ilimitadas y movedizas, Sofonisba se dispuso a cambiar su habitual costumbre de pintar por la contemplación del mar en los momentos en que no estaba indispuesta por el mareo, y en su cuaderno de dibujo se ocupó de dejar señal de muchos aspectos del barco y de la marinería que lo manejaba.

Notas de confinamiento, 2

Se mantiene el confinamiento y hoy, lunes 20 de abril, ha vuelto a salir el sol, con lo que esta tarde miraré si mi nueva joven vecina sigue escribiendo... Estos días pasados no la he visto.

Me he levantado a las ocho de la mañana, he hecho media hora de caminata a lo largo del pasillo y los recovecos hogareños —antes andaba tres veces al día veinte minutos cada una, pero lo he cambiado por dos paseos de treinta minutos—, he desayunado y he cepillado a Lisi, mi gata, asumiendo con gusto su sonoro ronroneo.

En esos momentos siempre recuerdo a Ana María Matute. Coincidí con ella hace muchos años en Nueva York, y nos hicimos grata compañía durante algunas jornadas. «Lo mejor de los animales domésticos —decía Ana María— es que en nuestra relación con ellos podemos conocer directamente, de manera sencilla, lo que es hacer feliz a un ser vivo... ¿No es algo maravilloso?».

Creo que tenía toda la razón: mi gata emite felicidad palpable mientras la cepillo, y esa satisfacción me reconforta a mí también.

Cuando Mari Carmen se levanta, a las nueve, ya estoy sentado ante el ordenador repasando los periódicos para conocer el estado de la pandemia: en España tenemos 196.000 contagiados, han fallecido 20.453 y se han recuperado 77.357, y en el mundo hay 2.332.000 contagiados, 160.766 fallecidos y 601.166 recuperados. Sin embargo, en nuestro país las cifras de muertos van bajando: durante los últimos tres días han sido de 565, 410 y 399, sucesivamente...

Mas la catástrofe continúa, la ansiedad y el miedo se manifiestan en todos los medios, los periódicos de papel que tengo en casa —que Mari Carmen compró el sábado y el domingo— parecen vaticinar un futuro siniestro para la cultura, incluidos los libros —y el turismo—, y nuestros políticos forman parte del desastre: la famosa mesa de diálogo que va a tener lugar hoy se da por fracasada, vista la actitud de Pablo Casado; y un *lapsus linguae* de un general de la Guardia Civil que, al hablar de las mentiras que fluyen por las redes, dijo que el deber de sus subordinados era «Por un lado, evitar el estrés social que producen estos bulos, y por otro, minimizar el clima contrario a la gestión de la crisis por parte del gobierno», ha levantado en la oposición un torvo análisis de ese «minimizar» y el manifiesto rechazo, con su acostumbrada y odiosa mala uva.

Me parece una actitud indecorosa y desleal, que en estos momentos hace todavía más incómodas las interminables jornadas, porque, además, ¿qué ha querido decir ese hombre con «minimizar el clima...»? Un militar no tiene por qué ser un buen orador —aunque los políticos que tanto lo atacan no suelen dar ejemplo de excelente oratoria—, y no hay por qué buscarle tres pies al asunto de manera tan sañuda.

Precisamente ayer, una supuesta falsedad me llevó al desconcierto. Una amiga me envió un guasap en el que se comunicaba que el *Washington Post* había confirmado el origen del paciente cero del coronavirus: un empleado del laboratorio de virología de la ciudad china de Wuhan, nada menos... Se lo envié a familiares y amigos, y al poco rato mi hija María me remitió otra información de un digital llamado *Newtral*, señalando que esa noticia era falsa. No pasó mucho tiempo cuando recibí un nuevo guasap en el que *La Vanguardia* decía que «El nobel francés Montagnier [...] sostiene que el coronavirus causante de la covid-19 es una fabricación humana, obra del laboratorio de Wuhan. [...] Según Montagnier, se trató de una fuga accidental mientras investigaban una vacuna contra el sida». O sea, que vivimos un momento de información contradictoria y tortuosa... Confusión continua.

También ayer, a las diez de la mañana, se colgó en YouTube un vídeo que hicimos los llamados «amigos de los *Decreta*», en el que más de veinte personas leíamos, sucesivamente, el texto de esa normativa aprobada por el verdadero Alfonso VIII —aunque ciertos historiadores se empeñen en llamarlo IX— en 1188, en una Curia celebrada en León, que estableció las bases de lo que luego ha resultado el sistema parlamentario, y de una convivencia que podemos llamar predemocrática: la obligación del monarca de convocar a la Iglesia, a la nobleza y a los «representantes de las ciudades» —es decir, al pueblo llano— para tomar las decisiones importantes, como declarar la guerra o hacer la paz..., y muchas otras normas —como la de «la inviolabilidad de la casa»—. Esta lectura de los *Decreta* la hacemos cada año públicamente, ante la fachada del mismo lugar en que fueron aprobados, la basílica de San Isidoro de León, pero esta vez hemos tenido que utilizar los medios virtuales.

Me parece sorprendente cómo ese precedente firme del parlamentarismo, aprobado en la Curia celebrada en San Isidoro de León en 1188 —veintisiete años antes de la famosa Carta Magna inglesa, y mucho más interesante y democrático en todos los sentidos, empezando por la representación del pueblo llano, que en la Carta Magna no está...—, algo tan importante para la historia española y europea —inscrito en 2013 por la Unesco en el llamado «Registro de la memoria del mundo»—, no sea conocido ni valorado, por lo menos en nuestro país, como un egregio embrión de la forma política democrática de convivencia. Aparte de los periódicos leoneses, el único que se ha hecho eco del tema ha sido *La Vanguardia*...

Creo que, con el paso de los años, las autonomías no han venido sino a parcelar demasiado ciertos territorios de nuestro país, y encima sin establecer una relación especial con nuestro hermano Portugal. Y, en el caso de León, se ha permitido que provincias tan venerablemente castellanas como Cantabria o La Rioja hayan conseguido su propia y diferenciada personalidad, por un lado, pero por otro se ha castigado a León con una especie de centralismo no menor que el que existía en el estado franquista, pues la provincia de Valladolid se ha convertido en el verdadero núcleo de eso que llamamos Castilla y León, permitiendo —y fomentando— que las antiguas provincias que conformaban la Región Leonesa —León, Zamora y Salamanca— y otras que eran indiscutiblemente castellanas —Ávila y Segovia— se hayan empobrecido y despoblado, y apoyando exclusivamente el crecimiento propio y, por razones interesadas, el de Palencia y Burgos. Hasta existen alcaldes vallisoletanos que no han tenido pudor en pedir que su ciudad sea la única y verdadera «fortaleza» de la autonomía...

Si el objetivo profundo era desmontar los independentismos, ya hemos visto que, en tal sentido, las autonomías no han tenido éxito. Pero, ya que se hizo lo que se hizo, ¿por qué no respetar la personalidad diferenciada del reino de León, que tuvo identidad propia durante más de tres siglos en este país?

Y es que, a estas alturas, ningún centralismo es razonable. Cuando considero ese supuesto linaje de los *Barca* que hacía que la familia Anguissola pusiese a su gente nombres púnicos —Aníbal, Amílcar, Sofonisba, Asdrúbal...—, imagino, como algunos comentaristas del asunto, que en ello había una afirmación de la personalidad lombarda frente a la ambiciosa Roma vaticana.

Pero, volviendo al recuerdo de los *Decreta*, también ayer, aunque por la tarde, se transmitió en la televisión un programa sobre Ramón Menéndez Pidal quien, siendo como fue tan amante de los romances, incluyó el de «Delgadina» en el gigantesco *Romancero hispánico* pero no en su *Flor nueva de romances viejos*, a pesar de ser uno de los más peculiares, a mi juicio, y que tampoco mostró interés por el *filandón*, a pesar de haber recorrido la provincia leonesa a principios del siglo xx en busca de romances —lo que demuestra que en Asturias, donde tanto residió don Ramón, no tenía fuerza esa institución de la cultura oral—.

En el programa, sin embargo, tuvo mucho papel el dichoso Cid, ese personaje de la nobleza a quien no le importaba la bandera, cristiana o musulmana, a la que servía y que, sin embargo, con el firme apoyo del franquismo, se ha convertido en una de las glorias nacionales. *Sic historia scriptum est...*

A eso de la una recibimos a través de Google una esperanzadora noticia: parece que el presidente del gobierno y Pablo Casado han llegado a cierto entendimiento. Esto nos pareció positivo, y nos animamos a preparar la comida.

La tarde ha ido ensombreciéndose. Salgo al balcón del dormitorio y hay una brisita suave, agradable, aunque sin sol. Miro hacia el balcón del tercero y allí está mi joven vecina, escribiendo en su ordenador. No necesito buscar los prismáticos para comprender que el libro que sigue a su izquierda es el de Daniela Pizzagalli.

En cierto momento la muchacha deja de escribir, pasa la mirada por el patio con cierto detenimiento y luego abre el libro y lo hojea. Vuelve a mirar al patio antes de anotar en el cuaderno que tiene a su derecha. No me cabe duda de que está haciendo algo basado en la biografía de Sofonisba por Pizzagalli, y vuelvo a pensar en lo que puede ser.

De repente se me ocurre que acaso el objeto de su escritura sea una novela, y me quedo muy desconcertado. Después de haber leído todo lo que tengo sobre Sofonisba Anguissola, me parece que, en efecto, hay materia de sobra para un texto novelesco.

Y mañana le pediré a Mari Carmen que, cuando baje a la compra, le pregunte a Yolanda el nombre del novio de la nueva vecina, para ver si aparece en internet.

Sin embargo, recibo nuevos encargos del mundo del vídeo digital. Me han llamado de la biblioteca de Fuenlabrada para que haga uno de esos vídeos domésticos celebrando el libro, cuyo día se aproxima, y se me ha ocurrido utilizar el ejemplar que tengo de la cuarta edición de la *Nueva filosofía de la naturaleza de hombre...* —de 1728, pues la primera se imprimió en 1587—, de doña Oliva Sabuco de Nantes, encuadernado en pergamino, que heredé de mi padre y que me sirvió como estímulo y referencia de mi novela *Musa Décima*, para leer el arranque de la dedicatoria, por parte de la autora, al rey Felipe II:

Una humilde sierva, y vasalla, hincadas las rodillas en ausencia, pues no puede en presencia, osa hablar: diome esta osadía, y atrevimiento, aquella ley antigua de alta caballería, a la cual los grandes señores, y caballeros de alta prosapia, de su libre y espontánea voluntad, se quisieron atar, y obligar, que fue favorecer siempre a las mujeres en sus aventuras. Diome también atrevimiento aquella ley natural de la generosa magnanimidad, que siempre favorece a los flacos, y humildes, como destruye a los soberbios.

Como se trataba de celebrar el libro, dije luego que han pasado casi trescientos años y que el objeto sigue en perfectas condiciones, que no necesito conectarlo a ningún enchufe, y que no ha cambiado eso que llamamos «la aplicación», y añadí que el libro es uno de los aparatos de conservación de la memoria y de transmisión de la cultura más eficaces y duraderos entre los que inventó el ser humano. Además, pedí que todos estuviésemos alerta frente a esa estupidez, culturalmente suicida, que pretende que el libro es un instrumento arcaico que debe desaparecer. «¡Mantengamos vivo al libro!», concluí.

Mari Carmen me ayudó en toda la operación, como había hecho ya con el otro vídeo digital que grabé con mi móvil, este para CEDRO, donde me pidieron que hiciese algo también para celebrar el próximo 23 de abril.

En este caso, me permití utilizar ese personaje apócrifo que nos imaginamos hace muchos años Juan Pedro Aparicio, Luis Mateo Díez y yo llamado Sabino Ordás, que durante una larga temporada escribió artículos para la sección cultural del periódico *Pueblo* cuando la dirigía Dámaso Santos, en una serie que titulamos «Las cenizas del Fénix», y dije que se trataba de un fragmento de un libro del propio don Sabino, titulado *Nuevo Filobiblión*, que afirmaba lo siguiente:

67

Los libros son los únicos instrumentos que conservan el tiempo inmóvil, detenido, dispuesto a moverse y reproducirse cuando los leemos. Los libros nos ayudan a comprender la realidad, a descifrar los enigmas de la existencia, pero, sobre todo, a entender lo que es el corazón humano: sus alegrías, sus tristezas, sus pasiones.

Estos días, un «adigital» como yo se está viendo obligado a utilizar mucho los recursos del mundo cibernético.

Por cierto, el jueves pasado, a través del ordenador, los miembros de la RAE celebramos un pleno —en forma de eso que se llama videoconferencia— de las siete a las ocho de la tarde, a través de ese vehículo denominado Zoom. Yo estaba preocupado por no saber si sería capaz de conectarme, pero las instrucciones y el apoyo de los técnicos de la Academia fueron tan eficaces que pude entrar sin problemas, y resultó muy bien, sobre todo en la discusión de una posible nueva palabra, hasta el punto de que ya se ha establecido este sistema para su uso semanal, por lo que he podido conocer a través del correo electrónico que me llegó hace un rato: mientras dure el confinamiento, todos los jueves vamos a celebrar nuestras reuniones de las diferentes comisiones y del pleno por este medio.

Cuando he terminado, mi hija María me llama para una consulta: como me formé como jurista, ella, profesora de Derecho Constitucional, piensa que tengo sabiduría en la materia. Resulta que, por el mismo sistema de videoconferencia, va a hacer un examen a sus alumnos, y quiere enviarme el cuestionario para que le dé mi opinión. El texto del examen se titula *Análisis de algunas consecuencias jurídicas del covid-19* y plantea con extraordinaria finura todas las cuestiones referentes al estado de alarma. No queda nada que proponer: más que el cuestionario de un examen, parece el proyecto de una tesis doctoral, le digo sinceramente, y se echa a reír...

Después de hablar con ella hablo con mi hija Ana, le cuento mi experiencia del pleno audiovisual y me dice que ella ya está muy acostumbrada, y que esta noche, de diez a doce del reloj europeo —por el desfase temporal—, va a tener un encuentro similar con su alumnado de Iowa.

Después, comentando con Mari Carmen estas experiencias audiovisuales, recordaremos una novela de Isaac Asimov cuyo título al fin conseguirá identificar ella en internet: *El sol desnudo.* —Y cuando escribo esto pienso que ahora utilizo mucho más internet que la *Espasa*—. La novela se publicó al parecer en 1957. Pertenece al género de la ficción científica, pero también al policíaco. Transcurre en un planeta llamado Solaria, cuyos habitantes solo se comunican por medios electrónicos audiovisuales. La sala de estar normal de los solarianos tiene un sofá, y en las paredes hay diversas pantallas que les permiten trabajar, y recibir información, y hablar con la familia y los amigos, y organizar reuniones.

¡Y resulta que todos los solarianos están afectados por la agorafobia, y que les aterroriza el contacto personal!

Mari Carmen y yo nos preguntamos si aquello, que cuando lo leímos en los setenta nos parecía pura ficción de aire científico, no habrá resultado la predicción de una realidad distópica...

Entre los rumores de que se hace eco la prensa están los de supuestos testimonios de importantes científicos que asegurarían que este virus es un producto de laboratorio. Si fuese así, y tuviese propósitos de causar daños masivos, como en efecto está haciendo, sus propulsores —rusos, chinos, ¿norteamericanos?...— estarían completamente chiflados, porque los resultados de la pandemia no conocen fronteras... Yo no lo creo, ni nadie con sentido común, pero el tema de la manipulación del contagio no es mala idea para un cuento, que se me ocurre de repente y escribo antes de mi merienda-cena.

El salvador

Al doctor Mou le horrorizaba pensar que estaba entrando en una etapa demasiado hipocondríaca y oscura de su vida. Acaso fruto de los años, que ya eran muchos, o de que su larga vida había estado marcada por la soledad: la muerte ya lejana de su esposa, que no le había dejado hijos, y a lo largo del tiempo, la pérdida de sus familiares más cercanos y queridos, de sus amigos.

Estaba solo y lo sentía más claro cada día que iba pasando, y esa soledad había propiciado en él un análisis muy negativo de la realidad.

Desde muy joven había creído que la ciencia era el motor profundo y verdadero de transformación de la especie humana, para su mejora y la del planeta en el que se había desarrollado. Sin embargo, el paso del tiempo lo había hecho ir matizando la firmeza de esa fe, hasta comenzar a pensar que desde la ciencia se barruntan extraordinarias perspectivas que pueden ayudar al cambio y al perfeccionamiento del mundo, pero las aplicaciones concretas de los descubrimientos científicos acaban siendo contraproducentes en casi todos los casos.

Por ejemplo, el desarrollo de la energía atómica sirvió sobre todo para ayudar a la agresividad bélica, y siendo una de las potencias energéticas más eficaces y controlables, no se ha conseguido garantizar su normalidad inofensiva. Y con todo lo que supusieron los resultados de otras investigaciones —el motor de explosión, el eléctrico, las mejoras en los conocimientos biológicos aplicados a la agricultura, por ejemplo—, a la larga se ha logrado mayor contaminación y desaparición de numerosas especies animales, además de un deterioro climático cada vez más evidente.

El doctor Mou había trabajado como virólogo en un importante laboratorio estatal, y comenzó a pensar en la posibilidad de encontrar algo que sacudiese el mundo, que lo hiciese reflexionar y acaso replantear su camino hacia una muy posible destrucción. En aquel laboratorio, con el que seguía colaborando después de su jubilación, acababan de tener noticias del virus de Wuhan antes de que comenzase a extenderse la enfermedad.

Un virus peculiar, que enseguida localizaron en la investigación y que podía ser peligrosísimo, así que el doctor Mou comenzó a reflexionar sobre los efectos que una infección masiva originada por ese virus podría ocasionar en el mundo.

Desde sus orígenes como especie, la humanidad había sufrido terribles epidemias devastadoras, colectivamente muy dañinas y dolorosas, pero que a la larga llevaban consigo provechosos resultados sociales. Por ejemplo, el famoso Renacimiento, que tanta importancia tuvo para Europa y cuyos resultados acabaron afectando en cierto modo a toda la humanidad, presenta como lejanos antecedentes la peste negra del siglo XIV, tan asoladora, que supuso transformaciones en materia de población y profundas modificaciones en las estructuras sociales...

Si una pandemia pudo ser a la larga positiva para la especie humana, a pesar de la horrenda mortandad que provocó, ¿por qué en el momento que vivíamos no podía traer también posteriores mejoras una terrible pandemia?

Estuvo dándole vueltas al asunto, y al final concluyó que tenía que haber una pandemia universal de gran calibre, y que ese virus de Wuhan podía ser ideal, en su iniciación, para que, como consecuencia del desastre, el mundo se salvase.

¿Quién podía ser el salvador?, se preguntaba.

Y resolvió que lo sería él mismo. Ya había vivido muchos años, empezaba a ver las cosas de una forma cada vez más extraña, y no podía tener mejor muerte que provocando una catástrofe colectiva que antecediese a un nuevo Renacimiento, esta vez universal.

Decidió pues que se infectaría con el virus, y sacó diversos billetes de avión para trasladarse a varias ciudades relevantes de Europa y de Norteamérica, espacios importantes del mundo, sucesivos destinos a contaminar, aunque no sabía cuánto tiempo le permitiría vivir su propia infección. El caso es que nunca había sufrido de ninguna enfermedad del sistema respiratorio, ni del circulatorio, ni en otra parte de su cuerpo. Acaso resistiese lo suficiente...

El plan estaba claro: pocas jornadas en cada lugar, pero procurando moverse por sitios y actos donde la gente se aglomerase, ya fuesen museos, manifestaciones o espacios de diversión... Y estornudar mucho, ayudándose de pimienta. Y mientras estaba arreglando ciertos requisitos del viaje, supo de muy buena fuente que en Wuhan se estaba produciendo un notable contagio colectivo provocado por el dichoso virus, lo que lo alegró mucho.

Al llegar al primer destino se encontraba muy acatarrado —una tos seca— y con fiebre, y comenzó a llevar a cabo esa inmersión en las muchedumbres que se había propuesto. La fiebre le aumentó, hasta el punto de pensar que su viaje se iba a frustrar porque no podría seguir en pie, pero en poco tiempo los síntomas fueron remitiendo...

Así, consiguió visitar sucesivas ciudades y llegar a los lugares más bulliciosos, sorprendido de que la enfermedad no continuase ahondando en él. Pronto las noticias de la terrible pandemia china y los feroces resultados de la enfermedad eran bien conocidos. Tras sus baños de muchedumbres en varios lugares de Europa, la pandemia empezaba a manifestar sus mortales efectos. Y cuando cruzó el océano, procuró llevar el contagio a todos los espacios multitudinarios que le fue posible.

El doctor Mou regresó a su país natal cuando empezaba a haber problemas con los transportes, por los confinamientos que se estaban imponiendo en todo el mundo para evitar la difusión de la feroz enfermedad.

Y en la soledad de su casa, fue siguiendo unas noticias que cada vez lo sorprendían y deprimían más: los acuciantes problemas sanitarios, el creciente número de muertos, la situación insostenible de multitudes desamparadas en todo el mundo.

Pero ¿qué he hecho?, se preguntaba. ¿Cómo era posible que no hubiese previsto que la eficacia destructiva de la pandemia estaría tan cargada de muerte y de dolor, de tanta y tan profunda desdicha?

Sin duda los años le habían hecho perder el sentido común, que había sido uno de los valores seguros de su vida... Además, él se había librado por esa inesperada inmunidad que le había permitido continuar su proyecto, porque la inmunidad no excluye la posibilidad de contagiar...

Intentaba serenarse, y al fin lo consiguió.

Ya que el virus no lo había liquidado, solo le quedaba una salida. En una de las paredes de su escritorio había colgada una panoplia con diferentes tipos de sables y bajo ellos una daga, que era lo que debería utilizar.

Recordaba ahora todos los pasos de la ceremonia: vestirse con un kimono blanco, arrodillarse de modo que el cuerpo cayese hacia delante, y acuchillarse el vientre de izquierda a derecha con la daga, tras beber un poco de sake.

Como estaba solo, sin ayudante que lo decapitase tras su acuchillamiento, su muerte sería lenta y dolorosa.

Pero sin duda lo merecía, pensó, antes de empezar a desgarrarse el vientre con la daga.

Resulta que, en lugar de urdir una conspiración política, he llevado el cuento a una alucinación personal. Enredos de la ficción.

Terapia de Tere / B

Los primeros meses fueron tranquilos. Como salías muy pronto para bajar a Madrid y regresabas al fin de la tarde, os veíais poco. Fortu te pidió que no le dejases hecha la comida, porque prefería tomarse un bocadillo o un tentempié a mediodía —a veces estaba pintando a esas horas— y cenar algo más consistente, y te pareció bien, porque además tú, con el horario de trabajo de la biblioteca, también solías hacer una comida frugal.

Un día, cuando regresaste a casa, él estaba vaciando la pequeña mochila que llevaba para salir a pintar y descubriste que sacaba de allí un puñado de zanahorias.

—¿Y eso? —le preguntaste.

—Es el resto de mi comida. Mételas en el frigorífico...

—¿Zanahorias crudas? ¿Y qué más comiste?

—Mira, guapa, las zanahorias son ricas en calcio, hierro, yodo, sodio, magnesio, potasio, fósforo y vitamina C. Y aportan proteínas y calorías... Buenas para la vista, para el cerebro. Además, comerlas te fortalece los dientes y las encías.

—Y no te sale caro —comentaste, con pretensión de broma cariñosa.

Él separó los labios, con los dientes apretados, moviendo la cabeza para un lado y para el otro, antes de continuar hablando.

—¿Para qué necesito más? Zanahorias y agua, y a pintar. Luego me vas a dar una cena estupenda, espero...

Entonces admiraste su austeridad.

Como ganador del premio, le habían propuesto organizar una exposición, y tenía el propósito de añadir los cuadros del monasterio de El Escorial a otros de estaciones de tren que ya había hecho, y unos nuevos que pensaba pintar en Madrid, tomando como motivo las llamadas «cuatro torres».

Los días que empleó en tales pinturas fueron complicados para ti, porque tenías que dejarlo allí a la ida y recogerlo cuando concluías tu jornada en la biblioteca, pero cuando al fin lo terminó todo y preparó la exposición, la institución municipal que se la había propuesto tuvo que anularla por problemas administrativos internos.

Menos mal que hubo una galería —«no de las mejores», decía Fortu con gesto agrio— interesada en llevarla a cabo.

El caso es que la exposición se inauguró y resultó muy bien, porque la galería acabó vendiendo más de la mitad de los cuadros.

—No te quejarás —le comentabas—. Menudo exitazo...

Fortu no se mostraba completamente satisfecho.

—Podía haberlos vendido todos, guapa.

Pensaste que hablaba en broma, de acuerdo con las reglas de su extraño humor...

Otro aspecto que no conocías en él era el de su propensión a la querella. En el caso de la exposición frustrada, Fortu había recopilado la comunicación escrita y los correos electrónicos que había cruzado con la institución municipal y buscaba un abogado para demandarlos por el incumplimiento de su compromiso.

Tú pensabas que meterse en ese pleito era absurdo, y que no os iba a reportar sino quebraderos de cabeza, pero él insistía tanto, que lo pusiste en contacto con el novio de Leonor, colega tuya, un joven abogado que trabajaba en un bufete y que se llamaba José Carlos, para que os asesorase, y este os dijo que no veía claro lo del compromiso formal, pues había una invitación y comentarios sobre el posible lugar y la fecha de la exposición, pero no estaba materializada ninguna decisión definitiva, y menos un contrato.

—Buscaré otro abogado —te aseguró Fortu.

—Vamos, vamos... José Carlos trabaja para un buen bufete, y creo que tiene razón. Por cierto, debes pensar en regalarle alguna pintura.

—¿Regalarle una pintura? Pero ¿qué dices? ¿Por qué?

—Hombre, Fortu, no te ha cobrado nada por la consulta. Alguna cosita... No hace falta que le regales un cuadrazo.

Te miró con expresión burlona.

—¿Los amigos no están para hacer favores? ¿Qué clase de amigos tienes tú?

Como aquello te había molestado, le respondiste con una aspereza nada habitual en ti:

—Tengo buenos amigos, Fortu, y lo sabes. Que yo sepa, tú tienes muy pocos...

Era cierto. Algo que te fue sorprendiendo conforme lo ibas conociendo más era los escasos amigos que tenía y lo poco que se veía con ellos, así como la rara relación con su familia, exceptuando a su padre.

—Pues tienes suerte si son buenos, Tere. Si no son buenos, es mejor no tenerlos...

Tú habías procurado organizar algún almuerzo ciertos sábados o domingos en tu casa para presentar a

Fortu a tus amigos, pero el resultado no había sido muy satisfactorio, pues tu pareja nunca abandonaba su sarcasmo, aparentemente petulante, y que solo a ti te parecía una finísima muestra de humor...

Por ejemplo, cualquier pintor que era nombrado en la reunión resultaba diana de sus burlas. La noche en que estuvo presente Lucía y se habló mucho de pintura, Fortu criticó con sorna a Eduardo Arroyo, a Miquel Barceló, a Antonio López... Y cuando Lucía opinó que la pintura de Fortu era sobre todo expresionista, él reaccionó con dureza:

—Si lo mío es expresionista, lo tuyo es putrefaccionista, guapa.

—¿Pu-tre-fac-cio-nis-ta? —repitió Lucía, tan sorprendida como todos los demás.

—Sí, amiga mía, pasado, pocho.

Hubo un silencio pesaroso y sombrío, Lucía no respondió, la conversación general se fue fragmentando y la gente se marchó nada más terminar la cena.

—Vamos, Fortu, has sido demasiado duro con Lucía —le dijiste después—. Es amiga mía desde que éramos niñas y no entiende tu humor...

—Ya hemos hablado de eso de los amigos... Ella me provocó. ¿Quién se cree esa cursi de medio pelo para clasificar mi pintura? ¿Expresionista? ¡Yo soy un pintor inclasificable, estoy por encima de modas y escuelas! ¡Yo soy un pintor de verdad! ¡El único pintor de verdad entre todos los que estaban conmigo en la facultad!

Y luego se echó a reír de un modo que te pareció incongruente.

Aquella fue la última vez que trajiste amigos a tu casa, y comprendiste que los grandes artistas, como creías que era Fortu, eran complicados de trato...

Han pasado más de tres años. Vuestra relación sexual se hizo menos frecuente y, ahora que lo piensas, habéis vivido una rutina bastante inmutable.

Él encontró un intermediario que le hizo de agente y consiguió seguir vendiendo cuadros, hasta que llegó un momento en que sospechó que el supuesto agente le estaba robando y buscó otra vez un abogado, que le aconsejó no pleitear, porque en las ventas de aquellas obras no habían mediado facturas ni justificaciones fiscales.

Vuestra vida era tranquila. Por la tarde, mientras tú leías o veías la tele, él se dedicaba a montar y tensar los lienzos de los cuadros en soportes de madera que él mismo preparaba —compraba la tela por metros en una fábrica de Valencia—, a imprimarlos...

Un fin de semana invernal, con el pueblo nevado, te dijo con mucha solemnidad:

—No hay duda de que domino el paisaje, urbano o natural, y he decidido experimentar con el retrato... ¿Qué te parece?

—¿Qué me va a parecer? ¡Estupendo!

—Pues hala, a posar.

—¿Yo? ¿Ahora?

—En diez minutos.

—Pero tengo que preparar la comida...

—Eso seguro, pero será un primer apunte. No te entretendré mucho. Y desnúdate.

—¿Que me desnude?

—Si empiezo a pintar la figura humana, lo haré desde los mismísimos principios.

El cuadro resultó muy bien, a tu juicio, con esa mezcla extraña de estilos que Fortu maneja, pero lo de posar resultó aburridísimo. Y lo peor es que, cuando terminó aquel retrato —varias horas el sábado y el domingo—, el siguiente fin de semana te volvió a ordenar —no a pedir, comprendes ahora— que te desnudases otra vez. Y cuando lo hiciste, te dijo que te tumbases en la cama, boca abajo. Obedeciste, y te quedaste dormida. Te despertó:

—Vamos, señora, que hay que preparar el almuerzo.

Miraste con curiosidad. Había pintado un cuadro pequeño que representaba un culo, tu culo. La imagen te decepcionó.

—¿Eso es lo que has pintado? ¿Mi culo?

—Tú conoces *El origen del mundo*, de Courbet, ¿no? Pues esto es *El fin del mundo*. ¿Qué te parece?

—Creo que hay motivos más estimulantes.

—Además, este es el cuadro que le voy a regalar a tu amigo José Carlos, el abogado, para agradecerle su asesoramiento...

Aquello te molestó.

—Eso ni hablar —dijiste—. Ni lo pienses.

—¿Por qué no? Este será un cuadro memorable, la réplica del de Gustave Courbet.

—Pero no se te ocurrirá decir quién es la modelo —replicaste, sintiéndote humillada.

—Será nuestro secreto —afirmó, manteniendo su mirada burlona.

De repente, el humor de Fortu, que tanto valorabas por lo sutil e inescrutable, no te hizo ninguna gracia e incluso te pareció encontrar en él matices de pura y simple malevolencia. Pero no quisiste seguir pensando en ello. Tu confianza en su gran talento artístico aún lo envolvía y le hacía detentar una superioridad respetable.

Mas la rutina de las casi dos semanas que lleváis viviendo en casa de la tía Pura, y durante las cuales Fortu ha medido meticulosamente todos los espacios de la galería y ha arreglado todos los aspectos de la exposición, ha quedado afectada de forma dramática.

El famoso coronavirus, ese covid-19 del que tanto hablan los periódicos, la radio, la tele..., y que vino de China y ha infectado ya Italia, ha obligado al gobierno a ordenar el confinamiento de toda la población. No se podrá salir a la calle, salvo para hacer determinadas compras —solo se abrirán algunas horas los establecimientos de alimentación y las farmacias—, y las gestiones habrá que hacerlas protegidos con mascarillas y guantes de goma. Todo lo demás se cierra: museos, iglesias, bibliotecas, oficinas, restaurantes, y tiendas o ámbitos colectivos de todo tipo, parques públicos, teatros, cines, salas de fiestas, espacios deportivos... Y quedan prohibidos los desplazamientos en coche particular.

Esa misma noche, la tía Pura te llama muy alarmada.

—¡Ay, Tere, querida, qué desgracia! ¡No sé cuándo nos veremos!

—¿Tú estás bien, tía Pura?

—Por ahora no hay novedad, sobrina, pero me preocupa tener que quedarme aquí encerrada. Además, ya sabes que yo tuve una neumonía muy mala, cuando murió el pobre Arturo... Me dicen que debo tener mucho cuidado.

—Tú lo que tienes que hacer es no moverte de casa. Que haga la compra la tía Mari.

—Ay, bonita, quién se lo iba a imaginar. Además, tengo miedo de que Enriqueta no pueda venir en Semana Santa.

—Bueno, tía Pura, aún quedan tres semanas...

Sin embargo, quien está verdaderamente fastidiado con el confinamiento es Fortu.

—Vamos, Fortu —le dices—, así tendrás tiempo para avanzar en tu panorámica madrileña.

—¿Te crees que esto va a terminar en un mes? ¡A saber cuánto tiempo nos tendrán encerrados! ¿Y cuando me quede sin lienzos, qué hago?

Lo cierto es que el encierro está resultando cada vez más siniestro. Tú has empezado a comunicarte con la gente de la biblioteca por guasap, y al fin habéis decidido tener por Zoom una reunión todos los días, a las cinco de la tarde, para hablar. Con Leonor, sigues investigando los libros de pintura del catálogo, para ordenarlos y clasificarlos, concretamente los que hay sobre mujeres pintoras.

No se puede decir que tengas los días aburridos. Para empezar, sales muy pronto por la mañana a hacer la compra, porque Fortu te ha confesado, muy serio, que es persona de riesgo.

—Tengo el hígado sensible —te dice—. Tuve hepatitis.

No pusiste ninguna objeción, y vas a la compra tres veces a la semana. Te deprimen las calles vacías, la poca gente con su perro o su bolsa de compra, las puertas de todo cerradas, la cola ante el supermercado, la farmacia o la panadería, pero procuras que en casa no falte de nada.

Claro que Fortu se ha hecho el dueño del piso, y tras tus quejas iniciales has optado por un silencio en el que te encuentras cada vez más molesta. El salón de la casa lo ha convertido en una especie de almacén, donde tiene los lienzos sin pintar y va colocando los nuevos. Ya lleva cinco. Allí está la televisión, que veíais juntos cada noche al principio, pero que tú has abandonado para quedarte en el cuarto de estar de la tía Pura, que da al gran patio interior de la manzana, donde por la tarde brilla un sol agradable.

Solo habéis tenido encuentros amorosos un par de veces. Como si el confinamiento os hubiera apagado la libido, la obligación del encierro a ti te ha quitado del todo las ganas, y parece que a él también. Sin duda ha influido en ello la grave discusión que tuvisteis con motivo de las compras en el supermercado. Solo permiten utilizar la tarjeta de crédito, y se lo dijiste para que te dejase la suya y te diese su clave.

—¿Que te deje mi tarjeta de crédito? Pero ¿de qué estás hablando?

—Me parece más cómodo para ir repartiendo los gastos. Un día pagaré con la mía y otro con la tuya. Guardaré todos los recibos y de vez en cuando los revisaremos, para procurar que los dos vayamos poniendo lo mismo.

—Lo siento, Tere, guapita, pero la tarjeta de crédito no te la dejo.

Si era otra de sus bromas, esta vez no te pareció adecuada.

—¡Pero qué tontería! ¿Cómo que no me vas a dejar tu tarjeta de crédito?

—La puedes perder, te la pueden robar, qué sé yo... La tarjeta de crédito no se la dejo ni a doña Jacinta, la madre que me parió. Haremos las cuentas, claro que haremos las cuentas, como de costumbre, y te daré mi parte. Aunque, por cierto, el vino y la cerveza no los voy a pagar yo, porque soy abstemio.

De pronto tuviste una iluminación: ¿no sería el artista que tanto admirabas un vulgar y miserable tacaño? Lo cierto es que no le has visto pagar casi nada. Y regalar un cuadrito le cuesta un esfuerzo titánico.

—De acuerdo, pero cuando regresemos a mi casa de San Lorenzo voy a revisar las cuentas comunes, porque hay varios gastos de la casa en los que no te he incluido, y a partir de ahora voy a hacerlo.

—Un momento, guapita, ¿qué gastos?

—El IBI, por ejemplo...

—¡Anda ya! ¡Esa casa no es mía!

Una luz intensa se había encendido dentro de ti. Recordaste la muerte del pobre tío Arturo, y cómo Fortu puso toda clase de excusas para no ir al tanatorio, donde estabas esperándolo, porque tenía que coger un taxi. Recordaste las hamburguesas que comíais en el Burger King los días en que le tocaba a él pagar la cena fuera de casa.

—Y los gastos de la comunidad, y los de la luz y el agua... Cuando volvamos, vamos a hacer las cuentas de verdad —continuaste diciendo.

Te miraba con los ojos desencajados.

—Ya no eres un invitado, sino mi pareja, un miembro de la casa —añadiste, sintiendo que estabas utilizando su mismo estilo de humor.

Vida de Sofonisba, III
Con la reina Isabel

Serenísima reina, en quien se halla
lo que Dios pudo dar a un ser humano;
amparo universal del ser cristiano,
de quien la santa fama nunca calla;

arma feliz, de cuya fina malla
se viste el gran Felipe soberano,
ínclito rey del ancho suelo hispano
a quien Fortuna y Mundo se avasalla:

¿cuál ingenio podría aventurarse
a pregonar el bien que estás mostrando,
si ya en divino viese convertirse?

Que, en ser mortal, habrá de acobardarse,
y así, le va mejor sentir callando
aquello que es difícil de decirse.

Ni Sofonisba ni la reina Isabel conseguían comprender del todo ese soneto de un escritor llamado Miguel de Cervantes, que se unió a otros textos conmemorativos del matrimonio de Isabel con el rey Felipe II, aunque a veces lo releían como parte de los estudios de español de la reina, pero tampoco desde el buen nivel que en tal lengua había alcanzado Sofonisba a lo largo de los años lograba descifrarlo claramente.

Ambas utilizaban el italiano para comunicarse, pues era la lengua natal de Sofonisba, y doña Isabel, como hija de Catalina de Médici, lo conocía desde la infancia. Y fue la lengua italiana lo primero que estableció entre ellas el vínculo afectivo que las uniría.

—¿Arma feliz? —preguntó la reina.

—Se refiere a vos, mi reina..., la fina malla que protege a su majestad el rey... Una metáfora.

—Eso puedo entenderlo, pero ¿y los tercetos?

—Enigmáticos, inescrutables... Me han dicho que se trata de un poeta muy joven...

—Pues no parece que sea muy prometedor... —comentó la reina.

—Es uno de los discípulos de Juan López de Hoyos, ese escritor que dirige la Escuela de Madrid... —explicó Sofonisba.

Estaban seleccionando, para conservarlos o desecharlos, diversos papeles y documentos relacionados con la llegada de doña Isabel a España, pues después de tantos cambios en los últimos tiempos, la corte ya estaba instalada en Madrid, y la familia real, con su servicio más cercano, en el Alcázar.

Sofonisba se iba acomodando a su nueva situación, aunque lo que mediaba entre su partida de Milán y su llegada a la capital española conformaba todavía en su cabeza una confusa mezcolanza.

Primero, la navegación entre Génova y Barcelona que, aunque le había dado ocasión para conocer la misteriosa belleza del mar, también le causó bastantes mareos que solo alguna infusión de jengibre había logrado mitigar.

También recuerda con poco gusto el posterior viaje desde Barcelona hasta Guadalajara, donde tendría lugar la boda verdadera —aunque por poderes, Felipe e Isabel se habían casado ya en París tiempo antes—, pues duró más de un mes, era invierno, y los parajes diversos que recorrían en las sucesivas carrozas, de las montañas a las vegas y a los llanos en continuo cambio, eran muy fríos y estaban muy desolados —al parecer persistía una larga sequía en España—, de modo que ella se sentía enredada en una aventura de cuya razón comenzaba a dudar, echando de menos su casa y a su familia. Solamente lo servicial de su séquito y la continua amabilidad afectuosa del padrino Brocardo lograban paliar su desazón.

Sin embargo, la llegada a Guadalajara comenzó a cambiar las cosas. Fue alojada en el palacio de los duques del Infantado, donde iba a tener lugar la boda, un gran edificio muy noble y hermoso, con un enorme patio alrededor del cual se distribuían las estancias, y en la atención que recibía de sus damas y criados había tal esmero por complacerla, que fue comprendiendo que ella ocupaba un espacio destacado en el nuevo mundo que la rodeaba.

Inesperadamente, Sofonisba había merecido desde el principio la atención de las damas de compañía y de los cortesanos más importantes, porque en Guadalajara, en la fiesta que tuvo lugar después de la ceremonia religiosa —cuando la joven fue presentada al rey Felipe, un hombre apuesto y de mirada perspicaz, y a su esposa Isabel, una linda muchachita de trece años—, el soberano ordenó a la orquesta que comenzase el baile con una gallarda, danza que al parecer le entusiasmaba, pero cuando la orquesta empezó a tocar la música nadie salió a bailar, hasta que el conde de Guastalla, Fernando Gonzaga, pidió a Sofonisba que fuese su pareja, y ambos comenzaron a danzar con brío, animando al resto de los asistentes a imitarlos.

Y no fue solo en esa ocasión del baile cuando Sofonisba tuvo especial protagonismo aquella noche, de forma que a lo largo de la fiesta conversó con muchas damas y caballeros, y hasta con los reyes, y empezó a hacer buenas relaciones con la gracia y la cercanía que se caracterizaban como elementos muy marcados de su personalidad.

De Guadalajara irían a Alcalá de Henares y luego a Toledo, a una sesión de las Cortes de Castilla, antes de afincarse definitivamente en el Alcázar de Madrid, donde el rey decidió establecer la corte, primero porque en Madrid no había ningún otro poder que pudiese competir con el suyo —en Toledo estaba el Tribunal de la Santa Inquisición—, y segundo por el frondoso espacio que rodeaba la ciudad y el Alcázar, a menos de diez leguas de una hermosa sierra. Tanto al rey como a su joven esposa les complacían mucho los espacios naturales, y el monarca no tardaría en comenzar a construir, al pie de la sierra, un enorme palacio-monasterio.

Entre la jovencísima reina y Sofonisba fue cuajando cada vez más una afectuosa relación. Ya antes de llegar a Madrid habían comenzado las clases de dibujo de Sofonisba, y la reina Isabel mostraba gran destreza y talento, lo que fascinaba al rey, que era igualmente aficionado al dibujo y un gran coleccionista de pintura.

Además, a la reina también le complacía tocar la espineta, por lo cual tanto ella como Sofonisba tuvieron cada una la suya, y empezaron a tocar a la vez, armonizando y ordenando las melodías de forma tan atrayente, que el rey les pedía que todas las semanas le diesen un concierto, al que asistía con su hermana Juana, su hijo Carlos, su hermano Juan y algunos cortesanos destacados. Con el tiempo, la reina comenzaría a escribir óperas, con gran placer de su esposo, que cada vez mostraba estar más enamorado de ella.

Estas actividades pictóricas y musicales fueron el entorno principal de la comunicación entre la reina y Sofonisba, a quien Isabel había hecho confidente de sus intimidades, y un día esta supo que a la soberana le había llegado su primera menstruación, por lo que Isabel estaba muy alegre, ya que se encontraba en condiciones de darle al rey el ansiado hijo.

Por otra parte, Sofonisba había comenzado a hacer retratos.

Empezó por uno de la reina, muy celebrado por el rey, que fue enviado a su madre Catalina de Médici con una réplica al papa Pablo IV, y siguió pintando sin cesar a doña Isabel, mientras continuaban las clases. También retrató a Juana de Austria, la hermana del rey, con quien tenía una relación muy afectuosa, que había construido el convento de las Descalzas Reales, y en el retrato hizo que estuviese a su lado una niñita de la familia con un ramo de tres rosas.

Y fue conociendo al pintor oficial de la corte, Alonso Sánchez Coello, e intimando con él. Era más o menos de su edad y tenía una hija muy pequeña que también mostraba buena disposición para el dibujo.

Mas en el Alcázar iba tratando con muchas otras gentes, como el príncipe Carlos, que era un joven con problemas físicos, bajo de altura, algo jorobado, con las piernas deformes, un poco tartamudo.

Había empezado a hablar con él en una fiesta, y el príncipe debió de encontrar en la naturalidad de la joven pintora tan buena disposición, que solía buscarla para hacerle confidencias que a Sofonisba le desazonaban.

Un día que estaban juntos la reina, Sofonisba y el príncipe Carlos jugando una partida de naipes, vinieron a avisar a doña Isabel de algún compromiso. Cuando la reina hubo salido, el príncipe le dijo a Sofonisba algo que ella ya conocía, pero que no esperaba oír de su boca:

—¿Sabíais que la reina Isabel debería de haber sido mi esposa, y no la de mi padre?

Sofonisba se quedó muy sorprendida, pero reaccionó con rapidez:

—La llaman Isabel de la Paz, porque el matrimonio con vuestro padre pacificó el enfrentamiento entre Francia y el Imperio español, como sabéis...

—Pero el esposo debería haber sido yo...

—Y lo hubierais sido, pero vuestro padre enviudó... Él ya no tenía esposa y es el rey, y es lógico que fuese él quien celebrase el matrimonio que tenía como motivo el final de una guerra...

—Un matrimonio para tener un hijo que se ponga la corona que a mí me corresponde...

—Tranquilo, don Carlos. Si alguien os dice esas cosas, no le hagáis caso. Yo estaba presente en Toledo, junto con la reina y como testigo, cuando se reunieron las Cortes de Castilla y fuisteis proclamado sucesor a la corona...

—De mí se ríen todos, señora Sofonisba...

Sofonisba comprendió que en la cabeza del peculiar príncipe bullían oscuros rencores. Se decía que era muy violento y vengativo, hasta el punto de que, en uno de sus arrebatos de furia, había tirado por la ventana a uno de sus pajes.

—Vais a ganar, príncipe, porque yo solo puedo echar esta —dijo Sofonisba intentando volver a la partida de naipes y poniendo una carta sobre la mesa.

—No va a ganar nadie, porque falta uno de los tres, señora Sofonisba... —respondió don Carlos con brusquedad—. Y no voy a ganar yo porque se ríe de mí el rey, mi padre; se ríe el príncipe de Éboli; se ríe la princesa de Éboli; se ríen el duque de Alba y todos los demás...

También estaba en la corte don Juan de Austria, que en la misma ceremonia de las Cortes de Castilla en

Toledo a la que había asistido Sofonisba a su llegada a España, entre los escasos y selectos concurrentes, como dama de la reina, y en la que el príncipe Carlos había sido declarado sucesor a la corona, él había sido reconocido hijo natural de Carlos V.

Don Juan de Austria tenía también aproximadamente su edad y muy buena relación con la reina y con el príncipe Carlos. Era un joven encantador, divertido, siempre amable, pero obsesionado por ir a luchar contra los enemigos del Imperio español.

Tanto del príncipe don Carlos como de don Juan de Austria y de otro joven familiar muy vinculado a todos, Alessandro Farnesio, Sofonisba realizó unos retratos que fueron muy aplaudidos. Don Carlos estaba tan entusiasmado con el suyo, que ordenó que Sánchez Coello hiciese por lo menos una docena de réplicas...

Eso era lo suyo, por encima de cualquier otra cosa: pintar retratos. Y comprendía que el arte que iba realizando desde sus manos y su mirada siempre seducía a los retratados, porque en la composición procuraba que los rostros manifestasen algo de lo que a ella le parecía constitutivo de su personalidad profunda.

Claro que en el retrato del príncipe don Carlos no figuraba, gracias al ropaje, la deformación de su espalda, ni tampoco aparecían sus piernas —que tanto lo habían disgustado en el que hiciera de él Sánchez Coello—, pero su rostro, con los ojos entre acechantes y confusos, y sus gruesos labios en una actitud acaso desolada, a punto de tartamudear, pretendían mostrar los entresijos de su carácter.

El rey había hecho construir un palacete en Aranjuez, rodeado por unos jardines que él mismo había diseñado, y allí vivió una larga temporada amorosa con la reina.

Sofonisba sintió una inusitada alegría cuando doña Isabel le confesó que estaba embarazada. Su estado la había puesto en una actitud muy jubilosa. De todo se reía, disfrutaba con las más pequeñas cosas, y hasta un día sorprendió a la joven pintora con una pregunta de contenido peculiar:

—¿Sabes lo que me complace? —le dijo a Sofonisba, que la miró despistada.

—Que el rey Felipe ya no me engaña con Eufrasia de Guzmán ni con ninguna otra. Ahora soy ya su exclusiva esposa...

Y al advertir el desconcierto de su interlocutora, añadió:

—No me digas que no lo sabías, como todo el mundo. Aunque comprendo que no me dijeses nada. Me dolió mucho cuando lo supe... Pero ya estoy curada. Ya sé que solo es mío...

En aquellos momentos de tanta alegría y satisfacción, hasta le demostró a Sofonisba no solo cómo había mejorado en el empleo de la lengua española, sino su finura para analizar ciertos textos oscuros.

—¿Recuerdas aquellos tercetos del soneto laudatorio que no pudimos entender?

—Recuerdo que eran muy enigmáticos —repuso Sofonisba.

—*¿... cuál ingenio podría aventurarse / a pregonar el bien que estás mostrando, / si ya en divino viese convertirse? / Que, en ser mortal, habrá de acobardarse, / y así, le va mejor sentir callando / aquello que es difícil de decirse* —recitó la reina, y Sofonisba la miró asombrada de su buena memoria.

—Lo he estudiado mucho, Sofonisba, para entender mejor el español. Quiere decir, más o menos, que quién, si fuese inteligente, se atrevería a pregonar mi grandeza al descubrir que es divina. Eso, en el primer terceto. Y en el segundo añade que, como somos mortales, es preferible que ocultemos aquello que, si lo expresamos, podría crearnos complicaciones. ¡Me llama diosa! Nunca me han hecho mayor elogio...

—Es cierto —confirmó Sofonisba, admirada del análisis.

—No sé cómo no lo ha castigado la Santa Inquisición —añadió la reina, echándose a reír.

Mas la alegría se convertiría en dolor profundo, porque el embarazo terminó en aborto. La consternación era general, y emanaba del rey como de una poderosa y enérgica fuente.

—No os preocupéis, mi reina —se atrevió a decirle Sofonisba un día en que iban a tocar ambas la espineta, lo que tranquilizaba mucho a Isabel—. Todavía sois muy joven, y tenéis por delante muchos años.

—Eso quiero pensar, mi querida Sofonisba.

Ese mismo año, Sofonisba recibió la noticia de la muerte de su hermana Minerva, lo que aumentó aún más su consternación.

Apaciguó al fin los trágicos sucesos el viaje que doña Isabel tuvo que hacer hasta Bayona, en la primavera siguiente, para asistir a un encuentro con la reina de Francia, su madre, que trataría de la política católica que era conveniente llevar a cabo en el país vecino, a raíz del Concilio de Trento.

El rey Felipe II no asistió, pero como asesor de la reina Isabel envió al duque de Alba, con la idea de presionar a Catalina de Médici, a quien acompañaba el condestable Anne de Montmorency, para que derogase el edicto de Amboise y acabase con la política de tolerancia hacia los calvinistas y protestantes.

El encuentro no llegó a acuerdos formales, pero la reina Isabel tuvo el gusto de encontrarse con su madre después de cinco años de separación, y entre las damas que la acompañaban figuraba Sofonisba, con la que a veces hacía algún dibujo o jugaba al ajedrez...

Sería en ese viaje cuando Sofonisba esbozaría el retrato preferido por la reina, pintada con una miniatura del rey en su mano derecha, que Sofonisba ejecutaría a su regreso al Alcázar.

El año siguiente, al dolor que había sentido Sofonisba por la pérdida de su hermana Minerva se unió el que le causó la noticia de la muerte de su hermana Lucía, aunque su vida en la corte continuó de acuerdo con las costumbres, y en sus conversaciones con la reina detectaba el ansia que esta tenía de darle al rey la tan deseada descendencia.

Por fin se volvió a quedar embarazada, y el rey escogió otro espacio natural, la Casa del Bosque, un antiguo pabellón de caza en la sierra, en un punto conocido como Valsaín, entre un espeso arbolado y en el que eran frescos los veranos, que el rey había ordenado reconstruir y ampliar.

En la atención a su esposa el rey mostraba claramente el amor que sentía por ella, y al cabo nació una niña que llamaron Isabel Clara Eugenia.

La llegada de la niña incrementó la intimidad de Sofonisba con la reina, que hizo muchos dibujos de su hija y le confesó ciertas confidencias.

—Mi buena Sofonisba, tengo que intentar darle pronto otro vástago al rey, porque el príncipe Carlos está cada vez peor.

La reina tenía notable intimidad con Carlos, y al parecer lo encontraba enredado en extrañas alucinaciones.

—Está muy enfadado porque su padre no le da el gobierno de los Países Bajos. Ya sabéis que conmigo tiene mucha confianza, pero por más que le aconsejo calma, y le pido que se haga ver por los médicos, porque lo veo desvariar, no consigo nada.

Sofonisba sabía que todo aquello era cierto, ya que a veces tenía algún encuentro para charlar con el príncipe Carlos y le llegaba a asustar el frenesí con que este manifestaba su enfado por la actitud paterna, declarando que estaba siendo marginado en todos los asuntos de gobierno.

—Tengo que darle un vástago al rey —repitió la reina—. Está muy inquieto...

Por aquellos mismos días pintó Sofonisba el retrato del rey que se haría más famoso y que, tras ciertas modificaciones, acabaría presentando a Felipe II sentado, vestido de negro según su costumbre, el sombrero en la cabeza, con el toisón de oro como único adorno, la mano derecha apoyada en el brazo del sillón y la izquierda sosteniendo un rosario.

Mientras posaba para el esbozo, aunque era circunspecto y poco amigo de confidencias, como conocía la buena relación entre Sofonisba y el príncipe Carlos, le hizo alguna pregunta:

—¿Habéis hablado hace poco con mi hijo?

—Hace unos días, majestad —repuso Sofonisba, desconcertada.

—¿Y cómo lo encontráis?

Sofonisba aprovechó el retoque que en aquel momento estaba haciendo de la mano derecha del rey para pensar en su contestación, pero al fin venció en ella su naturalidad y franqueza y, deteniéndose, respondió:

—No lo encuentro bien, mi señor. Creo que desvaría, que pierde a menudo la cabeza...

El rey continuó inmóvil y no dijo nada más.

La reina Isabel quedó otra vez encinta, y se rezaron muchas plegarias para que el vástago fuese un varón. Mas nuevamente resultó una niña, para desilusión del rey, que tenía en los Países Bajos una feroz revuelta, y al duque de Alba y los tercios con el encargo de dominarla. La niña fue bautizada con el nombre de Catalina Micaela.

Sofonisba recordaría esos tiempos como muy tristes y azarosos, pues la locura del príncipe Carlos había llegado a extremos terribles: había intentado apuñalar al duque de Alba cuando supo que iba a ser la autoridad militar superior en los Países Bajos, y había tratado de matar a don Juan de Austria con una pistola, que felizmente descargó un criado al conocer sus intenciones. Y se sabía que le había contado al prior de los dominicos de Atocha su propósito de matar al rey.

A principios del año siguiente, Felipe II ordenó que el príncipe Carlos fuese encerrado en sus aposentos. Para evitar que se hiciese daño —ya que había anunciado que se quitaría la vida— prohibió que le dejasen algún objeto que lo permitiese, y el príncipe aseguró que se dejaría morir de hambre...

Todo esto entristeció más a la reina Isabel, por la buena relación que tenía con su loco hijastro, cuya situación física y mental compadecía. Mas corría prisa traer un heredero al mundo, y en primavera estaba otra vez encinta...

Notas de confinamiento, 3

Es sábado, 25 de abril, y Mari Carmen ha salido a por los periódicos y algunos comestibles. Mientras tanto, echo en Google un vistazo al estado de la pandemia: en España tenemos casi trescientos mil diagnosticados, han fallecido 22.524 y se han recuperado 92.355, y en el mundo hay cerca de tres millones de diagnosticados, más de 197.000 fallecidos y poco más de 789.000 recuperados. Sin embargo, para nuestro país la última cifra de muertos es de 367, la más baja hasta ahora desde el 21 de marzo, aunque exista un enorme número de contagiados entre el personal sanitario, que con tan estricta profesionalidad se está comportando.

Cuando regresa Mari Carmen, como lo primero que miro los sábados son las páginas culturales, descubro que en el *ABC Cultural* Luis Alberto de Cuenca hace una reseña, muy estimulante para mí, de mi libro *A través del Quijote*, titulada «Un largo viaje por el territorio cervantino». Hasta ahora, en la prensa madrileña, solo Luis María Anson había hablado de mi libro, también con complacencia, en su página de *El Cultural*...

La reseña de Luis Alberto de Cuenca me alegra el día —como diría Clint Eastwood—, que además está rotundamente soleado, así que espero ver a mi vecina esta tarde —los días pasados ha habido chaparrones intermitentes— escribiendo en su ordenador.

Nuestra hija Ana nos llama muy pronto: dice que tiene una jornada de correcciones, y le comento la cantinflada de Trump ayer, aconsejando que la gente beba lejía y que se investigue sobre la posible bondad sanitaria de los rayos ultravioleta, pero Ana, que no es nada partidaria de Trump, nos dice que ella fue testigo de las declaraciones por televisión desde el principio hasta el final: «O no saben inglés o hay una maniobra tortuosa. Me he quedado sorprendida de cómo se ha transmitido la noticia... Eso solo va a servir para darle votos a Trump, porque es mentira...».

Esto incide en las numerosas noticias falsas que se están comunicando y que, unidas a la simplificación y brevedad de los mensajes en las redes, deben de estar creando una gigantesca pandemia de confusión y embuste...

Luego he seguido buscando referencias relacionadas con Sofonisba Anguissola y los personajes que la rodearon, y visitando virtualmente Cremona y Milán, con las preciosas imágenes de sus edificios... Sin duda la información digital tiene aspectos útiles...

En el libro de Daniela Pizzagalli, el padre de Sofonisba está estupendamente configurado como promotor de su hija, regalando siempre cuadros pintados por ella a gente importante, pero también lo considero como persona cuya generosidad lo hacía simpático a sus conciudadanos.

Como ayer por la noche hemos visto en la tele *Operación Anthropoid*, una película dirigida por Seal Ellis que narra meticulosamente el atentado de la resistencia checa —en colaboración con los ingleses— contra Reinhard Heydrich, «el carnicero de Praga», después de la comida —crema de puerros hecha por Mari Carmen; conejo con laurel, ajo, cebolla, tomate, pimiento, champiñones, orejones y pasas guisado por mí, y esa ensalada de frutas variadas (piña, mandarina, fresas, mango, uvas y kiwi) que tanto nos gusta—, mientras yo me tomaba el café y ella su infusión, nos hemos puesto a recordar la película y con ello ciertas historias de los maquis leoneses, que se fueron enlazando con algunos recuerdos familiares.

Jerónimo Norverto, el padre de Mari Carmen, era liberal y no simpatizaba con el Movimiento, pero tuvo que hacerse alférez provisional. Como era perito mercantil y trabajaba en La Unión y el Fénix de León con su tío Luis, que era el jefe, y los golpistas comprendieron que entendía mucho de cuentas, en lugar de enviarlo al frente lo hicieron pagador del regimiento, en León.

Era un hombre honrado, y no solo se gastaba el dinero en lo debido, sin trampa alguna, sino que tenía especial interés en que no se escamotease ni un céntimo de lo destinado a la comida, y como era ahorrador, hasta conseguía que en la fiesta patronal los soldados tomasen de postre dulces de una pastelería muy buena que se llamaba Camilo de Blas.

No tenía inconveniente en adelantar dinero de la paga a los que se lo pedían, y muchos sargentos y oficiales le tenían aprecio; así fue como consiguió, por ejemplo, que los guardianes liberasen sin más del convento de San Marcos —especie de ominosa cárcel para los *rojos* que nutrían las *sacas* diarias para su fusilamiento y desaparición— a un muchacho de dieciséis años que había sido detenido en su pueblo, y cuyo padre tenía relaciones con la aseguradora de Jerónimo, entre otras anécdotas que solo recordamos borrosamente...

Aquel tío suyo, Luis, era masón, y para prevenir el final peligroso que eso podía tener, una noche Jerónimo lo acompañó al punto en el que confluyen los ríos Bernesga y Torío para tirar al agua, metidos en un saco con piedras, el espadín y el mandil de las ceremonias. Lo he contado en alguna novela.

Su condición de oficial franquista fue muy beneficiosa para otros miembros de la familia, como un hermano de su mujer, el tío Pedro Laborda, que era ferroviario y de UGT y que fue condenado a muerte por mantener en funcionamiento la estación de tren de Bilbao durante la guerra, por lo que estuvo tres años encerrado en un barco del puerto, esperando la ejecución. Mas su condena fue modificada por larga prisión al no tener «delitos de sangre», y resultó encarcelado en Pamplona, hasta que, en 1944, cuando ya era posible hacerlo, Jerónimo le ofreció trabajo y se hizo responsable de su custodia. Contaba que fue a buscarlo a la cárcel y que se lo encontró muy flaco, cargado de piojos y acribillado de picaduras de pulgas.

Otra anécdota de los recuerdos familiares fue que el propio Jerónimo atribuyese a un rayo, y con ello se pudiese cobrar el seguro, el incendio de una casa también rural a la que en realidad prendieron fuego unos fervorosos franquistas desconocidos para castigar a los propietarios, supuestos *rojos*... O que siempre supiese, como otros leoneses que no se lo contaron a nadie —entre ellos, mi padre—, que el farmacéutico Manuel Salgado fue en León el responsable del Socorro Rojo Internacional...

En fin, una época llena de contradicciones y secretos... Mari Carmen tuvo su educación inicial con doña Salomé, una maestra «depurada» por el franquismo, en cuya modesta vivienda se formaron sin problemas muchos otros niños de la burguesía leonesa. Y, por ejemplo, cuando llegó la democracia, descubrimos que un abogado muy amigo de mi padre era el jefe de Fuerza Nueva en León, cosa que mi padre ignoraba, pues él había sido socialista y seguía manifestándose profundamente antifranquista en la intimidad...

Tengo unos recuerdos miedosos de mi infancia, el de unos policías registrando algunas veces la casa familiar, aunque mi padre entregaba de inmediato en comisaría los paquetes de panfletos que recibía con cierta frecuencia. Mi infancia y mi adolescencia estuvieron sin duda rodeadas por un extraño y oscuro mundo político dentro de la prepotencia franquista.

Amílcar Anguissola me recuerda un poco ciertos aspectos de la personalidad de mi suegro Jerónimo, al que yo quise mucho, y del que siempre envidié su seguro optimismo...

Tras la visión del telediario con las noticias sobre la marcha de la pandemia que, aunque menos letales, no auguran el final a corto plazo, yo solo consigo que me levante algo el ánimo mi habitual chupito de güisqui, y tras quedar amodorrado un rato me vengo de nuevo al escritorio para continuar tomando estas notas de confinamiento.

El sol ya no está tan firme, y parece que la tarde se va a nublar. En la terracita del tercero no hay nadie, aunque la mesa sigue ahí puesta. Al parecer, uno de los días de la semana, Yolanda le contó a Mari Carmen que el pintor, pareja de la chica que ocupa el piso de doña Pura, sube todos los días a la terraza superior de la casa para pintar, con la sorpresa de alguno de los vecinos...

Antes de nada, y aunque todavía hay tiempo de sobra hasta el jueves, voy a echar un vistazo a las «palabras más consultadas» por la vía virtual, con motivo de la pandemia y del confinamiento, en el *Diccionario de la lengua española*, documento que nos han enviado a los académicos para nuestra reunión —debería decir telerreunión— del próximo jueves, para ver si sus acepciones responden exactamente al significado que deben tener en la actualidad, y enmendarlas o añadir otras en ciertos casos... Treinta y tres palabras, de *anosmia* a *triaje*, pasando por *pandemia*, *pangolín* o *resiliencia*...

Después de las reuniones de las comisiones y del pleno que tuvimos el pasado 23, se ha acordado seguir celebrándolas todos los jueves, y el próximo día 30 de abril habrá además una telerreunión de la junta de gobierno en la que yo debo participar, con lo que siento ya anticipadamente en mí el *síndrome solariano* del que hablaba el otro día...

Pero la tarde ha ido transcurriendo, y tras un primer y tranquilo repaso de las palabras recuerdo, por una nota que tengo en mi agenda, que el mismo jueves 23 de abril recibí un correo electrónico de Manuel Moyano proponiéndome escribir un microrrelato sobre la pandemia y el confinamiento que estamos viviendo para una antología, material o virtual, que está preparando la Concejalía de Cultura del Ayuntamiento de Molina de Segura, de cuyo premio Setenil fui hace años presidente del jurado... He estado trabajando estos días en ello, y tengo ya escrito el siguiente minicuento, que le voy a enviar enseguida:

Confinado

El confinamiento por causa de la pandemia está durando demasiado. «Persona de riesgo» por sus problemas coronarios, él no sale nunca de casa, y es su mujer quien va a la compra. Y para rehacer de algún modo sus paseos habituales, dos veces al día, durante treinta minutos, recorre todos los recovecos del piso. La visión repetida de muebles, pasillos y rincones en tantas caminatas domésticas le acaba dando a todo un aire espectral. Cada noche ven una película en la tele, y a él le parece que siempre es la misma. A veces se asoma a una de las ventanas y percibe la desolación callejera: ningún vehículo se mueve, nadie recorre las aceras. Mas al fin, tras tanto tiempo de encierro, se anuncia que el confinamiento concluirá. Cuando llega el esperado día se levanta muy pronto, ansioso de disfrutar del aire libre. Su mujer no está, y piensa que madrugó para no hacer cola en el mercado. Se viste y sale a pasear de verdad, pero en la calle todo sigue deshabitado y vacío. Y camina innumerables pasos en esa soledad silenciosa hasta comprender que ha entrado en el verdadero, en el definitivo confinamiento.

Se lo leo a Mari Carmen, siempre mi primer lector —en este caso lectora, sin duda—, y juzga que es demasiado siniestro, pero no le parece mal... Y tras un rato de pensar en el asunto, resuelvo que voy a intentar aprovechar estas jornadas para escribir más minicuentos dedicados a la pandemia, aunque hoy ya están saliendo los niños a la calle —un máximo de tres con un adulto— y el 2 de mayo se podrá salir a correr o a pasear. Veremos cómo sigue la cosa...

Nos asomamos al balcón del dormitorio. Ya las nubes lo cubren todo, pero en el lugar que a mí me interesa —no le he contado a Mari Carmen por qué razón— está la joven vecina tecleando en su ordenador, con el libro y el cuaderno habitual a cada lado. ¿Una novela, un ensayo? Y, sea lo que sea, ¿algo que tiene que ver con ese personaje que tanto me fascina?

Entramos otra vez, tras tomar un rato el aire, y yo vengo de nuevo al ordenador para ir terminando estas notas e ir cerrando el día. Sin embargo, empieza a oírse un fuerte retumbar en el patio, y abro una ventana de mi escritorio, que tiene la misma orientación que la del dormitorio, para descubrir algunas personas golpeando con fuerza cacharros metálicos. Me voy al otro extremo del piso, a la sala, cuyas ventanas dan a la calle, y escucho el mismo retumbar.

—Una cacerolada —me dice Mari Carmen, que está asomada a la ventana.

La verdad es que suena con mucha más fuerza que los aplausos que se dan a las ocho en honor de los sanitarios y de los diferentes colectivos de seguridad.

—¿Hay mucha gente? —le pregunto.

—Mucha menos que para los aplausos —me responde—. Míralo tú mismo.

Se aparta para que pueda asomarme a esa ventana corredera, enorme pero nada propicia a la apertura, y veo que al otro lado de la calle, en una casa casi enfrente de la nuestra, hay sacudiendo unas tapas de cazuela unas mujeres de edad que siempre dejan colgada la bandera nacional, y más allá una pareja también mayor.

Menos de una cuarta parte de los que solemos aplaudir, pero con una resonancia increíblemente más sonora...

Como no tenía ninguna noticia del caso, vuelvo al escritorio para consultar internet y descubro que ya está la noticia en diferentes medios, aunque el suceso tenga lugar ahora mismo: «Ciudadanos de distintas ciudades y barrios han protestado este sábado con caceroladas a las 19:00 horas para clamar contra la gestión de la crisis del coronavirus...», dicen en un punto informativo, y en otros comunican que los sanitarios, sintiéndose especialmente afectados por una crisis de la que es culpable «la incompetencia gubernamental», convocan otra cacerolada para mañana a las ocho, a la misma hora del tradicional aplauso...

Vuelvo a sentir con pena el permanente cainismo de mi país y envidio a Portugal —siempre he sido iberista— por la postura que allí está manteniendo la oposición. No creo que el gobierno español lo esté haciendo peor ni mejor que los de los demás países afectados, pero pienso que nuestra oposición se comporta, en general, de forma mezquina.

En cualquier caso, el ensimismamiento de mi vecina me ha hecho volver al libro de Daniela Pizzagalli, y me pregunto por qué me interesé tanto por los siglos XVI y XVII españoles. Creo que me engancharon sobre todo esos personajes tan peculiares, como Lucrecia de León, Antonio de Mendoza, Oliva Sabuco y su extraño padre, Miguel de Cervantes, Hernán Cortés, el inca Garcilaso, Bernal Díaz del Castillo, sin hablar de Felipe II, con quien la historia, tanto española como hispanófoba, ha sido tan injusta...

Ahora que se discute de continuo sobre las consecuencias económicas de esta pandemia, y vemos la actitud de ciertos europeos del norte, no dejo de pensar en esa *leyenda negra* que se nos ha atribuido, siendo los españoles los primeros que nos la hemos creído, y que tal vez está en el sentido profundo de ciertos complejos psicológicos colectivos que tanto nos perjudican. Los españoles no tenemos memoria, o no queremos tenerla. Ni de las cosas positivas que tuvo nuestro trabajo en Hispanoamérica, como cruzarnos racialmente desde el principio con la población, por ejemplo, pues no hay restos en ninguna cultura del mundo como esas «pinturas de castas» que se conservan en el Museo de América de Madrid, y en el Museo Nacional del Virreinato de Tepotzotlán, y en el Museo Nacional de Arqueología, Antropología e Historia de Lima, en las que están pintadas con todo cuidado y respeto las diversas parejas y sus vástagos —mestizo, castizo, morisca, albina, cuarterón, cambuja..., y así hasta quince, por lo menos...—, ni de que si hablan español es porque lo decidieron ellos al independizarse —¡y las primeras gramáticas en lenguas indígenas provienen de frailes españoles!—, ni del papel que jugamos en la independencia de Norteamérica, que los norteamericanos no quieren recordar, naturalmente...

Mas llegan las siete de la tarde y decido de repente bajar a dar una vuelta a la manzana, con el pretexto de comprar algo en el Carrefour, porque me encuentro demasiado agobiado. A Mari Carmen no le apetece. Además, pienso volver enseguida. Pero al llegar al vestíbulo de mi zona del edificio, me doy cuenta de que no he cogido la mascarilla y me encuentro a una joven —que sí la tiene puesta—, sentada en el sofá, con una bolsa al lado. Al verme pasar se levanta y me saluda.

—Buenas tardes —me dice—. Soy Teresa, la sobrina de doña Pura, la del tercero.

—Buenas tardes —le contesto, un poco desconcertado, pero comprendiendo que se trata de la joven que está tan interesada en la vida de Sofonisba.

—Sé de sobra quien es usted —añade, bajándose la mascarilla.

Es una chica de rostro atractivo. Me suena, pero no recuerdo de qué. Cada vez olvido más los rostros.

—Coincidí con la profesora Ángeles Encinar en un congreso no hace mucho —explica, y añade con humor—: Allí me hice amiga del profesor Souto y de Celina Vallejo... Y luego, ya sabe usted.

Me complacen la referencia a Ángeles Encinar, gran amiga mía y notable estudiosa del cuento, y la cita de Souto y de Celina, pero sigo desorientado.

—¡Qué gusto! —le digo—. ¡Los amigos de Ángeles son amigos míos!

Sin embargo, no entiendo eso de «ya sabe usted». Me la quedo mirando, porque su presencia en el vestíbulo, en ese sofá en el que nunca he visto sentado a nadie, y las oscuras referencias no dejan de desconcertarme.

—¿Estaba esperando algo? —le pregunto.

—A Fortu, mi pareja. Salimos juntos a comprar, pero él ha ido a ver si encuentra una cosa, y al volver me he dado cuenta de que yo no había cogido las llaves...

Como no tengo nada que hacer, le pido que se siente y yo me siento también apartado de ella, naturalmente. Nunca había probado este sofá, pero no es incómodo.

—Me va a perdonar —le digo, sin poder aguantar la curiosidad—, pero a veces la veo escribiendo en el ordenador en un balcón de su casa... Vivo dos pisos por encima... Y he visto que tiene al lado un libro de Daniela Pizzagalli sobre Sofonisba Anguissola.

Imagino que no se le ocurrirá pensar que para identificar el libro he necesitado unos prismáticos...

—Sí, estoy tomando notas... En cuanto a ella, es un personaje muy atractivo.

—¿Notas para una novela? —pregunto, sin poder resistirme.

—Bueno, se trata de ciertas notas personales —responde, sin concretar...

Se me queda mirando con cierto aire turbado, antes de continuar:

—Claro que el personaje da para una novela, pero también para una tesis doctoral. Es una época de España con personajes femeninos muy interesantes y prácticamente desconocidos: María de Zayas, Luisa Roldán, Ana Caro Mallén, Luisa Sigea...

—A mí también me interesa la época, y he escrito sobre algunas mujeres de entonces —respondo.

—Lo sé de sobra —me contesta.

En ese momento se oye el ruido de la puerta de entrada y enseguida sube un hombre hasta el vestíbulo. Es alto y parece algo mayor que Teresa. Se queda quieto delante de nosotros.

—No lo encontré —le dice a Teresa. A mí, ni me mira.

—Bueno, te queda todavía un frasco...

—*Más vale prevenir que curar* —responde él—. ¿Qué haces aquí?

—Me olvidé las llaves —responde Teresa—. Te esperaba.

—¿Subimos? —dice él, y sin esperar respuesta se vuelve y se encamina hacia su escalera.

—Hasta la vista, Teresa. Ha sido un gusto conocerla —digo.

Se me queda mirando. Su gesto hace resaltar unos ojos burlones.

—Un gusto, pero ya nos conocíamos —contesta, antes de irse también.

La miro marchar, sorprendido tanto de su réplica como de la descortesía de su pareja. Entonces me acuerdo de que tengo que recoger la mascarilla, y decido subir a casa, pero no a por la mascarilla sino para quedarme.

—¿Ya vuelves? —me pregunta Mari Carmen.

—*Como en casita, en ninguna parte* —respondo, porque la huraña pareja de Teresa y su refrán siguen en mi cabeza, así como la enigmática despedida de ella.

Todavía queda un rato para la merienda-cena, y le echo un vistazo al *National Geographic* del mes, que tengo desde hace días. En esta ocasión, la revista lleva dos portadas contrapuestas, que son a la vez anverso y reverso, y está dedicada al cambio climático, como recuerdo del cincuenta aniversario del llamado Día de la Tierra, que se celebró por primera vez en los Estados

Unidos el 22 de abril de 1970, y que «había sacado a la calle a unos veinte millones de personas».

Comienzo a ver la portada que tiene como título *Cómo perdimos el planeta*, una perspectiva que se declara «pesimista» y en la que se plantea cómo estará la Tierra cuando se cumpla el centenario de la conmemoración, el 22 de abril de 2070. Todos los artículos son demoledores: «Aunque empezásemos hoy mismo a reducir las emisiones contaminantes, el problema del cambio climático seguiría agravándose». «El auge de las renovables no ha reducido el consumo de combustibles fósiles, porque nuestra demanda de energía aumenta sin cesar». «Hemos alterado la Tierra, incluso a gran profundidad». «Hemos destruido más del ochenta y cinco por ciento de los humedales del planeta». «Hay unos tres mil millones de aves menos que hace cincuenta años», y un estudio publicado en 2017 señala, por ejemplo, que la biomasa de insectos voladores de Alemania ha disminuido un setenta y seis por ciento en apenas treinta años...

Estremecedoras fotografías nos muestran algunos de los animales que están desapareciendo: tortuga carey, grulla coronada, pandas, tigres, koalas... —treinta mil especies documentadas en riesgo de extinción—, y terribles panoramas, como los de inmensos parajes destripados para la explotación de carbón... Y hay algunas referencias también muy desasosegantes, como las de los gigantescos incendios recurrentes y cómo destruyen zonas habitadas, la del fin de los glaciares, las de islas boscosas desaparecidas por el crecimiento del agua de los océanos...

En el reverso, o anverso, se plantea *Cómo salvamos el mundo*, la visión optimista, pero todo lo que se dice en ella no tiene ni la fuerza ni la certificada y ominosa verdad de la otra —ya que se apunta que nos salvarán «el ingenio, la compasión y la perseverancia», «sabremos limitar las emisiones de carbono», «seremos *buenos* consumidores», «los jóvenes se movilizan...».

¡Pero en ningún sitio se habla de los ocho mil millones de seres humanos que habitamos el planeta, una insostenible densidad de población, ni de esa insaciable avaricia capitalista, que no parece tener el mínimo freno racional!

En fin, que me iré a la cama aún más deprimido por el «confinamiento climático» que vemos acercarse cada día con mayor ferocidad y vigor...

Terapia de Tere / C

A finales de la Semana Santa te llegó la terrible noticia. Era la tía Mari, y en el teléfono se la notaba muy nerviosa.

—A la pobre Pura le ha cogido el bicho... Empezó con fiebre, con tos, avisé, la vieron, se la han llevado al hospital. A mí me hicieron un análisis, y parece que no lo tengo por ahora... Estoy en estricta cuarentena.

Te quedaste desconcertada.

—Pero ¿qué me dices, tía Mari? ¿Y cómo está la tía Pura?

—Muy malita, muy malita, fatal, la pobre.

Notaste que lloraba.

—Se lo he contado a Enriqueta, pero todavía no la dejan volar a Madrid.

Tú te echaste a llorar también, y después de pedirle que te tuviese al tanto y despedirte, llamaste a Enriqueta por el móvil. Y siguieron las lágrimas, porque Enriqueta está desesperada por lo de su madre, y además con este encierro del que no sabéis cuándo se podrá salir.

—Pienso que está sola en el hospital y me muero de pena...

—¿Pasa algo? —preguntó Fortu, que estaba colocando otro de los cuadros de la panorámica contra la pared. Los está pintando muy despacio.

Se lo contaste.

—Pues si la cosa se alarga, y tu tía está en el hospital y tu prima no puede venir de Londres, vamos a seguir aquí, lo que a mí no me viene mal en cuanto pueda encontrar repuestos.

—Pero ¿cómo es posible que veas las cosas de ese modo? —le preguntaste.

Te miró sorprendido, como si no se hubiese dado cuenta de lo que había dicho:

—Bueno, Tere, claro que siento lo de tu tía, pero son cosas propias de esta pandemia que estamos viviendo, esto es una lotería y le ha tocado a ella...

Te sentías muy mal al comprender que, siguiendo una extraña ruta mental que había comenzado hacía acaso un año, estabas a punto de mirar la personalidad de Fortu de forma contraria a tu consideración inicial, cuando os conocisteis, es decir, no marcada por la genialidad sino por la cicatería, como si tu admirado pintor fuese un tipo ruin, que solamente pensaba en lo que le convenía en cada momento, desde un feroz, siniestro egoísmo.

Hablaste por guasap con Enriqueta para transmitirle tu pesadumbre. Ella estaba consternada, y además se sentía demasiado sola, como decía con manifiesta angustia.

El caso es que la infección de la tía Pura empeoró cada vez más, y tres semanas después, a principios de mayo, supiste por la tía Mari que había muerto...

—Y lo peor es que no puedo ni siquiera verla —te decía la tía Mari llorando.

Tú tampoco podías ir a Oviedo.

Conforme a la voluntad de la difunta, su cadáver fue incinerado, y por información de tu prima Enriqueta tuviste al menos la suerte de encontrar en el cajón de su mesa del escritorio los documentos del seguro de sepelio, que la tía Pura había hecho tras las complicaciones que había supuesto el fallecimiento del tío Arturo...

Mas te quedaste muy deprimida.

—¿Puedes posar un poco? —te preguntó Fortu, que no había hecho comentarios a lo largo del lamentable suceso, pero que esa mañana no había subido a pintar a la terraza.

—Voy a leer. Me pintas mientras leo, si quieres. Pero nada de quedarme plantada una hora...

—Me parece muy bien. Te pintaré mientras lees. Pero procura mantener la misma postura.

Leerías otra vez la biografía de Sofonisba Anguissola por Daniela Pizzagalli: *La señora de la pintura. Vida de una pintora en la corte de Felipe II*. La historia de una extraordinaria artista cuya autoría de casi todos los cuadros que pintó sería olvidada muy pronto y se atribuiría a Sánchez Coello, a Pantoja de la Cruz, al mismísimo Greco.

Cuando vio el libro, Fortu, que ya tenía preparado el lienzo en el caballete y estaba dispuesto a esbozar tu figura, se quedó quieto.

—¿Pero otra vez estás con el peñazo ese de la Sofonisba?

—Sí. ¿Qué pasa? No tiene nada de peñazo, relata la vida de una pintora monumental.

Se quedó quieto. Luego te dio la espalda y se acercó a uno de los grandes lienzos de la panorámica.

—¿Sabes lo que te digo? Que no te voy a pintar. Me subo a la terraza a seguir con esto, aunque haga mucho sol. Lo de la Sofonisba me pone de los nervios...

El enfrentamiento por Sofonisba Anguissola había comenzado el año anterior, cuando en el mes de octubre se inauguró la exposición *Historia de dos pintoras: Sofonisba Anguissola y Lavinia Fontana* en el Museo del Prado. Tu colega y amiga Leonor la había visto y te la recomendó muy vivamente.

—Chica, acostumbrados como estamos a que toda la buena pintura de esos siglos sea de hombres, te llevas una sorpresa formidable.

De manera que un sábado bajasteis Fortu y tú a Madrid para verla, y quedaste fascinada por varios de los cuadros, aunque todas las obras te parecieron de indiscutible calidad. El retrato de Felipe II con un rosario en la mano izquierda, que es un cuadro que siempre te había llamado la atención por la forma en que está pintado el rostro, que transmite apacibilidad e inteligencia, y que habías creído que era obra de Alonso Sánchez Coello, confirmó tu idea de que Sofonisba estaba entre los grandes de la pintura del Siglo de Oro.

Sin embargo, Fortu consideró todo lo de ambas pintoras indigno de una exposición tan monumental.

—Esa Minerva desnuda de Lavinia Fontana es una cursilada. Y anda que Marte tocándole el culo a Venus... Y todo lo de la Sofonisba, vulgar y corriente. Esto es pura política, las presiones de ese feminismo arrollador, los efectos del *Me too* —decía.

—Pero el retrato de familia de Lavinia, ¿no tiene mérito? En cuanto a Sofonisba, la partida de ajedrez, ¿no es una joya? ¿No están perfectamente descritas las actitudes de cada uno de los personajes? En Sofonisba no hay ningún cuadro que no te transmita la personalidad del retratado...

—Al parecer, cuando pintaba a gente de los Austrias buscaba la manera de que no se les viesen las narices grandes ni el prognatismo de mandibulones...

—¿Y qué importa eso? Lo que vale es la sensación que te transmiten los retratos: la madre de Sofonisba, o la hermana monja, o las dos infantitas, una con una cotorra y la otra con un perrito, o la infanta Catalina Micaela con el monito en brazos... Y no me digas que no es tierno, conmovedor, ese niño vestido de negro que nos mira con los ojos muy abiertos y un perro dormido detrás de él...

—O sea, que es la mejor pintura del mundo.

—Yo no digo esa tontería, sino que es una pintura con mucha personalidad y cargada de finura psicológica...

Nunca has podido entender determinadas actitudes de Fortu. Como cuando motejó los modestos, pero finos y agradables cuadros de Lucía, de «putrefaccionistas».

Mas en tu interés por Sofonisba te ha estimulado encontrarte a ese vecino escritor —él no parece recordar que el año pasado, con motivo de la Feria del Libro, dio una charla en tu biblioteca— que se muestra también muy atraído por el personaje, hasta el punto de que, desde el balcón de su piso, dos por encima del tuyo, fue capaz de distinguir el libro de Daniela Pizzagalli con toda certeza. Ni que lo hubiera identificado con unos prismáticos... Señal de lo bien que lo conoce. Y además te pregunta si estás escribiendo una novela, lo que te ha hecho imaginar que acaso sea él el que está metido en alguna ficción sobre Sofonisba...

Como que estás pensando, ahora que vais a recuperar ciertas conferencias telemáticas para asiduos a la biblioteca, en invitarlo para una intervención. Lo malo es que no tienes fondos para pagar nada, y el Ayuntamiento está en estos momentos metido en demasiados líos, así que solamente podrás contar con los antiguos amigos.

Pero si el confinamiento te ha servido para algo, es para comprender lo misterioso y extraño que es Fortu, y lo poco sociable. Tras la cena en tu casa con los amigos, decidiste no llevarlo todavía a la casa de tus padres, cosa que aún no has hecho y que, por ejemplo, sí hiciste con Álvaro, y has procurado que no venga nadie de la familia a verte a tu casa de El Escorial.

Tienes la esperanza de que su exposición de otoño tenga éxito, un éxito que no solo suponga la venta de todos los cuadros, sino que trascienda a los medios de comunicación y le dé a Fortu la resonancia que merece, por lo menos en su ámbito de trabajo. Pues piensas que acaso uno de sus problemas profundos es la conciencia de ese desconocimiento de lo que significa su excelente obra.

El primer año que estuvisteis juntos, alquilaste por tu cuenta durante quince días una modesta casita cerca de la playa de La Franca, en la Asturias oriental, una zona que conoces desde niña. En primavera había habido fuertes lluvias, verdaderos torrentes en la zona, y a veces se encontraban flotando cosas curiosas.

Una tarde en que habíais bajado hasta el mar, porque hacía un sol fuerte y mucho calor, y os habíais colocado en la segunda playita, cerca de las rocas, en una zona en la que apenas había gente, mientras Fortu permanecía amodorrado, tumbado sobre su toalla, viste que un extraño objeto doblaba el pico de la peña más cercana y se aproximaba a la playa con la fuerza de la marea, y decidiste acercarte a averiguar qué era.

No te costó mucho llegar hasta allí, aunque ya no se hacía pie, y descubriste que era una pintura enmarcada, un cuadro. Te agarraste a él con una mano y braceaste con la otra para volver. Tampoco te resultó difícil llegar al punto en el que podías sostenerte con los pies en el fondo, y saliste al fin a la orilla.

Muy deteriorado por la inmersión, el cuadro, rectangular, que tendría más de cincuenta centímetros de alto y de ancho, parecía representar un paisaje marino. El marco era grueso y en la madera persistían bastantes restos dorados.

Te acercaste deprisa a Fortu y no te importó despabilarlo.

—¡Fortu! ¡Mira lo que nos ha traído el mar!

Fortu se sentó y sujetó el cuadro entre las manos mientras lo contemplaba.

—Está muy estropeado. Es un paisaje parecido a este. Las rocas, el mar, el cielo azul. Mira, está firmado, aquí me parece que pone «Napoli Ciro Demichelo»...

Fortu se quedó el resto de la tarde mirando aquel cuadro deteriorado, y cuando volvisteis a casa se lo llevó con él.

A la hora de cenar, en un minúsculo prado que había delante de la casita, Fortu seguía mirando el cuadro.

Cuando se seque, voy a intentar restaurarlo —dijo.

—¡Pero si no tiene nada que ver con lo que tú pintas! ¡Incluso me parece flojito!

—Mira, creo que es algo simbólico en la historia de la mayoría de los cuadros, o de las obras de creación: no exactamente el mar, pero sí la basura, la cremación, la destrucción. Yo pongo tanto interés en pintar cada cuadro, no pienso en otra cosa, he pintado dos o tres centenares, ¿y qué va a ser de ellos?, ¿quién los aprecia? La historia del arte es esto: algunas cosas consideradas sobreviven; las demás terminan en el mar del desconocimiento, a lo mejor alguien las aprovechará para pintar algo encima, o utilizará los marcos para cualquier chapuza. Una mierda.

—Pero ¿y lo bien que te lo pasas mientras pintas, y mientras buscas el modelo?

—Eso no se puede negar, desde luego. Pero aunque me lo pase muy bien pintando, lo hago también para que se me valore la labor, para que se reconozca que estoy vivo. Tu amiga Lucía pinta esas mamarrachadas y ya le han dado su nombre a un colegio.

—En su pueblo.

—En su pueblo, en algún sitio... Dices que mi exposición fue un éxito, pero no habló de ella ni dios.

Te quedaste preocupada al comprender la desazón de Fortu, pues era cierto que, siendo a tu juicio un estupendo pintor, nadie lo conocía. Y dándole vueltas al asunto, se te ocurrió una idea: al menos, podías colocar algunos de sus cuadros en la biblioteca. Había por lo menos tres sitios donde colgar un cuadro, dos en la propia sala de consulta y otro en la entrada.

Hablaste con Begoña, la concejala, con la que te llevas muy bien, y no puso ninguna pega.

—Si no nos cuesta dinero.

—Sería una especie de depósito. Pero tendríamos unas piezas bonitas en las paredes.

Tuviste que explicárselo meticulosamente a Fortu.

—Mira, Fortu, no te vendría mal colgar tres cuadros en la biblioteca. Por allí pasa mucha gente.

—¿Pretendes que haga una donación?

—Ni se me ocurre. Sería un depósito temporal. Por el tiempo que a ti te diese la gana. Uno de ellos podría ser ese que tienes de la Biblioteca Nacional.

—Déjame pensarlo.

No lo pensó mucho tiempo, porque el tema sin duda le había interesado. Al día siguiente, cuando llegaste, te dijo que estaba de acuerdo.

—Os dejaré el cuadro de la Biblioteca Nacional y pintaré dos nuevos, uno de la biblioteca Joaquín Leguina y otro de la del Retiro, ni más ni menos. El sábado bajamos a verlas para hacerme una idea, y me enseñas el sitio en el que colgaríais mis cuadros.

—Me parece muy bien.

—Y prepararé lo que quiero que diga el contrato, para que luego vuestros expertos lo pongan en jurídico.

El texto que Fortu preparó, y que conservas, no dejaba nada por tratar: que era un acuerdo entre el Ayuntamiento y el autor; que el acuerdo tenía como objeto que tres cuadros del autor y escogidos por él fuesen expuestos *gratuitamente* en la biblioteca del Retiro para su ornato; que si, por razones de exposiciones u otras, alguno de los cuadros debiese ser retirado, el autor lo sustituiría de inmediato por otro; que el préstamo duraría un año, renovable para los sucesivos. Que el Ayuntamiento se hacía responsable del transporte y cuidado de los cuadros, cuyo valor económico quedaba por entero al criterio del autor propietario.

La concejala fue rápida en darle forma al contrato y una mañana acompañaste a Fortu a la concejalía para que ambas partes lo firmasen, y la concejala le agradeció su generosa colaboración.

—Pensé que, por lo menos, me invitaría a comer —comentó luego Fortu.

—Bueno, Fortu, ya le diré que te incluya en las listas de invitados para algunas conmemoraciones culturales. Pero comer, comer..., te tomarás una copa.

Fortu acabó pronto los cuadros de la biblioteca Leguina y de la del Retiro, y tú procuraste que un equipo municipal los transportase a la biblioteca y los colgase en los lugares señalados, y también, aunque conocedora de que a alguien le podía extrañar tanto bombo, pero atreviéndote a ello, organizaste un pequeño acto de recepción al que asistió la concejala con alguno de sus colaboradores.

—Me encantan los cuadros —dijo la concejala—. Enhorabuena y otra vez gracias.

—Estoy pintando todas las bibliotecas de Madrid —repuso Fortu, con lo que luego sabrías que era una repentina ocurrencia.

—Pues cuente con mi apoyo para su exhibición en ellas —respondió Begoña.

Más tarde, Fortu se te quejaría amargamente.

—¡Apoyo para exhibirlos! ¡Ni una alusión a comprar ese del Retiro, que tanto parecía camelarla!

A ti te pareció poco generoso de su parte no agradecerte que los cuadros quedaran a la vista del público de modo permanente, pero no hiciste ningún comentario sobre ello. El egoísmo de Fortu no parecía tener remedio...

—Mira, Fortu, si ya tenemos problemas económicos para adquirir todos los libros que quisiéramos, imagínate para comprar cuadros.

Vida de Sofonisba, IV
Adiós, corte, adiós

Aquí el valor de la española tierra,
aquí la flor de la francesa gente,
aquí quien concordó lo diferente,
de oliva coronando aquella guerra;

aquí en pequeño espacio veis se encierra
nuestro claro lucero de occidente;
aquí yace enterrada la excelente
causa que nuestro bien todo destierra.

Mirad quién es el mundo y su pujanza,
y cómo, de la más alegre vida,
la muerte lleva siempre la victoria;

también mirad la bienaventuranza
que goza nuestra reina esclarecida
en el eterno reino de la gloria.

El joven poeta Miguel de Cervantes, en el túmulo que se erigió en honor de la reina Isabel, había colocado este soneto a modo de epitafio, y Sofonisba pensaba que a Isabel le hubieran gustado las loas que contenía, y que sin duda habría dicho que se apreciaba mejoría en la claridad expresiva del autor frente a aquel soneto con que el mismo poeta había celebrado su coronación...

En menos de tres meses, la corona había sufrido graves problemas y fuertes desdichas.

Los problemas provenían de Flandes. La decapitación de los condes de Egmont y de Horn había tenido mucho eco en la corte, pues ponía de manifiesto la poderosa incertidumbre en los Países Bajos. Mas las enormes desdichas se sucederían enseguida. Primero, la muerte del príncipe Carlos, consecuencia de su rechazo a la alimentación, de sus absurdas ingestiones de agua helada y de sus propias dificultades en cuestión de salud, muchas derivadas de la malaria.

La reina Isabel quedó muy afectada por el fallecimiento del desdichado príncipe loco, de quien fue acaso la única persona de la que se compadecía profundamente, y también Sofonisba sintió la muerte de Carlos, con el que antes de su confinamiento charlaba o jugaba a las cartas o al ajedrez, pues dentro de su delirio había cierta indefensión infantil.

Pero la peor desdicha resultó la muerte de la propia reina, tras aquel penoso embarazo en el que se había mostrado tan débil y enfermiza y que culminó con el aborto de otra niña.

El fallecimiento de la reina Isabel fue tal vez el momento más doloroso en la vida de Sofonisba, por lo unida que había estado a ella durante los ocho años anteriores. Lloró mucho, y se sentía irremediablemente desdichada, porque además a su alrededor todos estaban también afligidos.

Cuando le dieron la noticia al rey Felipe y se acercó a la alcoba de su esposa, Sofonisba, que estaba presente, vio cómo el monarca, siempre tan reservado y discreto, se echaba a llorar con enorme emoción, lo que demostraba lo enamorado que estaba de ella, y se sintió aún más triste.

La muerte de Isabel cambió la habitual vida cortesana. Para empezar, fue la duquesa de Alba quien, dama principal de la fallecida, se hizo cargo de las pequeñas infantas Isabel Clara Eugenia y Catalina Micaela, y pidió a Sofonisba que la ayudase, ya que tan cerca de la reina había estado, al margen de las amas de cría y otras servidoras.

Muy pronto a esa tutela se sumó la de doña Juana de Austria, tía de las niñas. Y como doña Juana tenía una relación muy cariñosa con Sofonisba, esta siguió prestando servicios en palacio cuando el séquito de las damas de la reina muerta se fue deshaciendo.

Sofonisba había empezado a instruir en el dibujo a las pequeñísimas infantas por medio de juegos con papeles en blanco y carboncillos de colores, pero su dolor por la pérdida de la reina Isabel le hizo pintar con muy sentida entrega un homenaje en forma de Piedad —la Virgen sosteniendo el cuerpo desnudo de Cristo—, inspirada en un dibujo de Bernardino Campi que ella conservaba, aunque en su cuadro Sofonisba eliminó a los demás personajes del dibujo de Campi: santa Catalina de Alejandría y los profetas Elías y Eliseo.

En el monasterio de El Escorial ya estaban construidas la parte del convento y una zona habitable, y dentro de su profunda melancolía, el rey invitó a su hermana Juana, a la duquesa de Alba y a Sofonisba a pasar allí con él y sus hijas algunos días otoñales, y las niñas fueron aprendiendo a conocer aquellos hermosos bosques y jardines que rodeaban lo que llegaría a ser un monumental edificio.

Una tarde, mientras las niñas dormían la siesta con su tía Juana, Sofonisba dio un paseo por uno de los jardines que el rey había creado, y se encontró con el propio monarca sentado en un banco de piedra.

Sofonisba quedó muy apurada y, tras hacer una reverencia, fue retrocediendo de espaldas para buscar el momento de tomar otro camino, pero el rey la miró y la hizo detenerse con un gesto, como con otro hizo re-

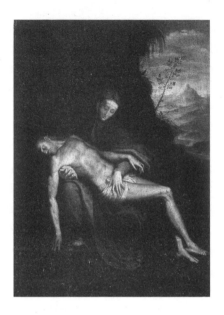

tirarse a unos guardias que, al acercarse la joven, habían surgido de repente detrás de unos matorrales.

—Llegad, llegad a mí, Sofonisba, sentaos a mi lado.

Sofonisba hizo lo que el rey le ordenaba y, cuando estuvieron juntos, el rey le habló con tono afectuoso.

—He visto los dibujos que hacen mis hijas con vos, y me contenta mucho saber que, ya tan niñas, las estáis instruyendo en ese arte que tan bien conocéis y practicáis.

—Gracias, majestad —repuso Sofonisba intentando no dejar traslucir sus nervios por el halago—. Las infantas, pese a su corta edad, son muy despiertas.

El rey se quedó mirando a unos pájaros que revoloteaban sobre una zona del jardín... Luego levantó la cabeza, cara al cielo.

—¿No son hermosos los jardines, los bosques en que la brisa, los pájaros, las fuentes componen una música tan deleitosa?

Como el rey parecía hablar consigo mismo, Sofonisba no hizo ningún comentario. Luego el rey volvió la cara y la miró otra vez.

—Os confieso que, en cierto modo, mis hijas aplacan el terrible dolor de haber perdido a mi esposa Isabel. No puede haberme dejado mejor regalo, mejor consuelo de mi desolación... Todos los días se lo agradezco a Dios Nuestro Señor.

Sofonisba continuó manteniendo el silencio. El rey volvió a mirar al cielo.

—Mas mis consejeros me calientan la cabeza continuamente recordándome que debo dejar un heredero. ¡Oh, Señor!, ¿por qué me has dado esta misión?

Volvió a mirar a Sofonisba.

—Querida Sofonisba, del mismo modo que vos no podéis dejar de hacer vuestras hermosas pinturas, yo no puedo dejar de ser el rey. Y os aseguro que, en estos momentos, con los rebeldes flamencos arriba y el turco abajo, preferiría ser pintor.

Alzó la mano derecha y le acarició una mejilla.

—Pero seguid dando vuestro paseo. Yo voy a regresar ya. Y os agradezco lo bien que estáis instruyendo a mis hijas en vuestro arte...

En la corte se hablaba mucho de la necesidad de un heredero de la corona. La propia doña Juana, que también era aficionada a la espineta, se lo comentó a Sofonisba una tarde en que ambas habían estado tocando y rezando el rosario juntas, mientras las niñas jugaban con sus cuidadoras.

—Estoy muy preocupada, mi querida Sofonisba, porque mi hermano el rey no sale de su desolación y seguimos sin tener un sucesor.

—Es que continúa demasiado triste por la muerte de la reina Isabel, mi señora doña Juana... No han pasado ni tres meses.

—Lo sé, Sofonisba, lo sé, esa tristeza todos la compartimos y nunca olvidaremos a nuestra querida reina, pero mi hermano el rey tiene ya más de cuarenta años y no puede esperar para conseguir un heredero, en interés de nuestro reino, de nuestro imperio y de nuestra religión.

El tema religioso preocupaba especialmente a doña Juana, pues pertenecía a la orden jesuítica —era el único miembro femenino—, y en ese aspecto imaginaba el desastre que resultaría para la Iglesia católica la debilitación del Imperio español, tan acosado ya por múltiples enemigos.

Sofonisba había recuperado la normalidad en su práctica del retrato, y siguiendo las instrucciones de Juana retrató a un jesuita, don Francisco de Borja, pero también se dedicó a pintar a algunos niños y niñas diferentes de las infantas, a quienes ya había retratado antes, y al bufón preferido del rey, Miguel de Antona, *el Velasquillo*, un enano que había conocido en Guadalajara, en la fiesta de bodas de los reyes, y que la trataba siempre con mucha deferencia.

Una tarde de febrero, mientras Sofonisba dirigía a las infantas en sus juegos de dibujos y coloreos, doña Juana, que estaba presente, le dio la noticia:

—Parece que nuestro buen rey, mi hermano, se ha decidido ya a contraer nuevo matrimonio.

—¡Qué buena nueva, mi señora doña Juana! ¿Y se puede saber quién es la afortunada?

—Todavía no, pero se sabrá en pocos días... No imagináis lo complacida que estoy. Hay que agradecer su ayuda a Dios Nuestro Señor una vez más.

El nombre de la interesada se conoció pocos días después: la prometida era la archiduquesa Ana de Austria, sobrina del rey Felipe, por ser hija de su hermana, la emperatriz María de Austria. A esta relación de familia se unía el que el emperador Maximiliano II, esposo de María y padre de Ana, era primo del rey Felipe. Al parecer, los extremados lazos de parentesco habían complicado mucho la autorización del papa Pío V para la boda, aunque al fin la consintió...

La noticia del próximo enlace, que se difundió por Madrid un día de febrero, coincidió con una intensa nevada, pero doña Juana estaba muy alegre, aunque todos los trámites que se fueron sucediendo hasta la verdadera unión de los cónyuges la tenían cada vez más preocupada, de forma que cuando estaba con Sofonisba no hablaba de otra cosa.

—Esto me ha quitado el sueño, mi buena Sofonisba. A la edad de mi hermano, cada mes que pasa es un lastre para su fertilidad. No sabéis cuánto le pido a Dios Nuestro Señor que facilite las cosas para que se celebre la boda y venga pronto el heredero.

Tres meses después del compromiso, doña Juana informó a Sofonisba de que el rey Felipe y doña Ana de Austria se habían casado por poderes en el castillo de Praga... Su desazón se mantenía tan encendida como las veces anteriores, y expuso parecidas preocupaciones:

—Estamos en mayo. Doña Ana tiene que venir a España... No sabes lo inquieta que estoy. Para un hombre de la edad de mi hermano, cada día que pasa es un año...

Por fin llegó la nueva de que la futura reina estaba ya en España, que la ceremonia definitiva se celebraría a mediados de noviembre en el Alcázar de Segovia y que luego los esposos se quedarían unos días en la Casa del Bosque de Valsaín...

Sofonisba no iba a asistir, porque se quedaría atendiendo a las infantas, pero doña Juana, en quien la euforia había sustituido al malestar, le prometió que le contaría todo con puntos y señales.

—Y ve preparándote para retratar a mi sobrina la reina en cuanto llegue a Madrid. Quiero enviar a sus padres el retrato que tú le hagas. No van a tener otro mejor.

Pero Sofonisba pensó que no estaría mal aprovechar esos días para pintar de nuevo a las infantas, pues ya tenían cuatro años la mayor y tres la pequeña, por lo que conseguiría que estuviesen más quietecitas que la vez anterior, y se dispuso a hacerlo durante la ausencia de doña Juana.

Aunque a Sofonisba no le gustaban los ropajes excesivamente suntuosos, en este caso no le importó, y las pintó muy bien vestidas junto a una mesita forrada de terciopelo rojo, Isabel Clara Eugenia sosteniendo en su mano izquierda un pájaro verde traído de Indias que su padre les había regalado —don Felipe solía hacerles muchos obsequios venidos del otro lado del océano, y le encantaba que conociesen frutas, plantas y animales que no existían en España—, y Catalina Micaela agarrando la pata izquierda de un perrito con el que ambas infantas jugaban muy a menudo...

La llegada de la nueva reina modificó las cosas para Sofonisba. No porque no fuese cordial con ella, que lo fue desde el principio, sino porque las condiciones de su vida diaria cambiaron mucho. Para empezar, la reina no tenía interés en pintar, ni en tocar música, y además traía su propio séquito, en el que había varias damas que cantaban o recitaban versos. Por otra parte, todas eran muy jóvenes —la reina tenía veintiún años— y

Sofonisba, a sus treinta y cinco, se encontraba muy diferente a ellas.

Además, la nueva reina se había hecho cargo muy gustosamente de las infantas, y no sentía hacia los paños y las ropas la atracción que había tenido Isabel, que cambiaba de vestido todos los días, todos —lo que al parecer había causado ciertos problemas de tesorería—, pero que le daba en cada una de las jornadas ocasión de conocer nuevas telas y escoger formas para las sucesivas indumentarias... Sin contar las deliciosas sesiones de pintura y de espineta que tenían al alimón...

Sofonisba le confesó a doña Juana su peculiar aislamiento.

—Mi querida doña Juana, os ruego que me señaléis otros amigos vuestros a quien os interesaría que retratase, que lo haré con mucho gusto. Y, por cierto, sugeridme algún motivo religioso que os interese, que lo pintaré para vuestro monasterio. Para mí fue muy enriquecedor pintar a la Dolorosa, y quiero seguir practicando la pintura de religión.

—Claro que te lo diré, y te lo agradezco mucho, pero ¿tanto tiempo tienes libre? ¿Qué haces en el séquito de la reina?

—La verdad, doña Juana, es que la reina es muy cariñosa conmigo, pero ya todas las responsabilidades están repartidas, y como pintora no puedo hacer lo que hacía con nuestra llorada doña Isabel... De vez en cuando enseño a las infantas a dibujar, pero me sobra el tiempo.

Unos días después, el rey, que al parecer estaba muy satisfecho por la victoria de Lepanto sobre el turco, mandó llamar a Sofonisba a su presencia y, con el apego que siempre mostraba hacia ella, le dijo algo que la dejó muy sorprendida.

—Mi querida Sofonisba, con la desdichada muerte de nuestra querida Isabel, que sin duda está disfrutando de la cercanía de Dios Nuestro Señor, se ha cumplido también una etapa de vuestra vida.

—Una etapa feliz, aunque la muerte de nuestra reina ha entristecido mucho su final...

El rey se la quedó mirando y movió la cabeza afirmativamente.

—No pienso perder vuestra valiosa compañía, pero tras hablar con mi hermana Juana he considerado que ya estáis en edad más que suficiente para que penséis en contraer matrimonio.

Sofonisba no supo qué responder, y el rey continuó hablando.

—¿Habéis pensado vos en algún candidato que os interese?

Sofonisba estaba tan sorprendida que no era capaz de hablar, pero al fin consiguió murmurar:

—No, mi señor.

El rey Felipe la miró con cariño.

—Encargaré a don Diego de Córdoba buscaros marido en algún noble caballero español. Pero vos tendréis la última palabra.

Recuperada de la sorpresa, Sofonisba sí se atrevió a hablar claramente:

—Mi señor, nunca agradeceré lo suficiente vuestras atenciones y el amor que se me ha dado continuamente en vuestra real casa, pero ya llevo doce años lejos de mi país natal y de mi familia y, si fuese posible, me gustaría regresar a aquellas tierras...

El rey se la quedó mirando y afirmó con la cabeza.

—Tenéis razón. Indicaré a Diego de Córdoba que se comunique con el conde Brocardo, que está en Milán. Os buscaré un buen esposo en Italia, mi querida Sofonisba...

Notas de confinamiento, 4

Es domingo, 3 de mayo, y vamos a prepararnos para salir a dar un paseo aprovechando la desescalada que ha dispuesto el gobierno. Ya dimos el paseo ayer por primera vez, y me imagino que la experiencia será muy similar. Subimos por Príncipe de Vergara hasta el parque de Berlín, cuyos accesos están bloqueados por cintas que prohíben la entrada, lo rodeamos y regresamos a casa por las calles de Puerto Rico, Costa Rica y la plaza de la República Dominicana... Una hora en total.

Como a Mari Carmen le gusta cambiar el itinerario, aunque el destino sea el parque de Berlín me imagino que hoy iremos y regresaremos por otras calles. Y como hace también sol y hay más temperatura, iré menos abrigado, aunque con la dichosa mascarilla, unos guantes blancos de algodón que conservo de alguna ceremonia que ya no recuerdo, las gafas negras y un sombrero Stetson del que me siento muy ufano, porque lo conocí en alguna novela... Mari Carmen me dice que parezco «el hombre invisible».

Por lo que he visto en internet, hoy en España las cifras de la pandemia son de más de 216.000 afectados, 25.100 muertos y 117.248 curados. La última cifra de muertos diarios es de 276.

Como de costumbre, ayer asistimos a largas intervenciones televisivas que siguen hablando de la desescalada, que se encuentra ya en la fase cero y que pasará a la fase uno el 10 de mayo, aunque en ciertos territorios de las islas Canarias y Baleares adelanten la fecha. Hay una meticulosa explicación de lo que se podrá hacer hasta llegar a la fase tres, que es la última, la que determinará la «nueva normalidad» —un periodista que me llamó ayer por teléfono me preguntó si eso no era un oxímoron, y yo le contesté que sí, pero que también me parecía una extraña metáfora—.

El caso es que el largo paseo de hoy, como el de ayer, de una hora, con el parque de Berlín como destino pero siguiendo un itinerario diferente y sinuoso, nos permitió ver pocos coches, mucha gente mayor, personas de todo tipo desperdigadas, numerosos perros sujetos a su correa, todo el mundo embozado con las dichosas mascarillas, y disfrutar de una mañana primaveral entre ese aire extraño que impregna todas estas jornadas, con las tiendas cerradas, en una clausura que hace más impenetrable la condición dominical del día.

Antes de ayudar a Mari Carmen a preparar la comida, abro el correo electrónico y preparo un texto para Gervasio Posadas, director de Ámbito Cultural de El Corte Inglés, que le sirva de introducción a uno de los «filandones» que llevamos haciendo Juan Pedro Aparicio, Luis Mateo Díez y yo desde hace años —más de cuarenta actuaciones en España y por lo menos veinte en diversos lugares de Europa y América— y que nos ha invitado a realizar el 20 de mayo por conducto telemático. ¡Será el primer *telefilandón*! Este es el texto:

En los inviernos leoneses, cuando la nieve cerraba los caminos y aislaba las poblaciones rurales, al final del día se reunían los vecinos, repartidos ante el fuego de diversos hogares, y se contaban historias de

138

todo tipo mientras las mujeres hilaban y los hombres arreglaban utensilios campesinos. Era el llamado filandón. En este «filandón posmoderno», los tres participantes hacen un homenaje a aquella institución tradicional, principalmente leyendo minicuentos de muy variada especie, al hilo de una charla marcada por la complicidad y la improvisación.

Después de la comida, además de encontrar muy molestos con el gobierno a los presidentes autonómicos gallego, vasco y catalán por la gestión de la desescalada, nos enteramos de que los fallecidos hoy por la covid-19 han sido 164... Parece que el problema de la pandemia va mejorando... Luego nos enteraremos de que también la presidenta de la Comunidad de Madrid —espacio líder en el número de casos mortales— está en contra del confinamiento. Mas si consiguiesen imponerse y el gobierno diese marcha atrás en lo del estado de alarma, estoy seguro de que, en el caso de cualquier ocasional repunte, le volverían a echar la culpa a Sánchez...

Y resulta que hoy he recibido un correo electrónico de un antiguo amigo, Antonio Rodríguez Almodóvar, en el que me remite un artículo suyo titulado «Galdós y la paranoia española», donde, al hablar de la situación política que bulle en la actual pandemia, reproduce un fragmento de *Cánovas*, el último *Episodio nacional*, publicado en 1912:

Los dos partidos que se han concordado para turnar pacíficamente en el poder, son dos manadas de hombres, que no aspiran más que a pastar en el presupuesto. Carecen de ideales, ningún fin elevado les mueve, no mejoran en lo más mínimo las condiciones de vida de esta infeliz raza pobrísima y analfabeta [...].

No voy a suscribir todo lo que dice mi venerado don Benito, pero sí lamentar esta implacable oposición a todo lo que hace el gobierno, especialmente en un momento tan delicado socialmente como este. Hablando ayer por teléfono con un amigo científico, me dijo que hay que tener mucho cuidado con la ordenación de la salida del dichoso confinamiento, para prevenir cualquier rebrote... Pero ya he escrito antes que, para los Casado, los Abascal, los Torra y demás compañía, ya sabemos quién sería el culpable.

En este momento recibo otra llamada telefónica. Es de mi también antiguo amigo Anelio Rodríguez Concepción, profesor, escritor de estupendos cuentos, novelas y ensayos, que vive en la fascinante isla de La Palma. Nunca olvidaré una entrevista que me hizo allí para la televisión cuando nos conocimos, en la que él era, al mismo tiempo, el director de escena, el camarógrafo y el entrevistador. No pude estar, hace pocos meses, en la presentación en Madrid de su último libro, *Historia de Mr. Sabas, domador de leones, y su admirable familia del Circo Toti*, mítica y divertida reconstrucción de un personaje y de un tiempo memorables.

Hablamos de cómo nos va, de la situación de nuestra respectiva descendencia, del lamentable momento que los españoles estamos atravesando en todos los sentidos, y cuando descubrimos nuestras coincidencias al analizar la actitud de la llamada oposición, me dice algo muy sagaz: «Mira, José María, tú y yo somos cervantinos, pero estamos rodeados de gongorinos y quevedescos...».

Ahora pienso que hay muchas más especies, y que seguramente ese es el profundo problema español...

Sigo ante el ordenador y se me ocurre otro cuento, que creo que tiene que ver con esos sueños confusos e ininteligibles que vivo cada noche y que conectan con esta realidad extraña en la que estamos viviendo. Lo he titulado, naturalmente,

Desescalada

La pandemia ha suscitado nuevas acepciones populares de palabras que antes significaban otra cosa: de repente, «escalada» se llama a la expansión de la pandemia, y se habla de «desescalada» atribuyendo el término al período en el que las restrictivas medidas públicas de movimiento en la calle comenzarán a disminuir... Pero ayer, ciertos ruidos en el rellano me hicieron asomarme a la puerta, y descubrí a varios vecinos, todos con mascarillas y a prudente distancia los unos de los otros, bajando por las escaleras. «¡Hay que hacer ejercicio! ¡Subir y bajar! ¡Subir y bajar!», sonó la voz de uno, que me pareció Manolo, con quien tengo muy buena relación. Cuando cerré la puerta le conté a mi mujer lo que estaba pasando. «Hay que mantenerse aislados», respondió ella. «Esos están incumpliendo lo que se ha dispuesto». Mas de ayer a hoy la subida y bajada de escaleras se ha hecho cada vez más numerosa y ha llegado a ser casi constante.

Esta noche me ha despertado un oscuro y extraño retumbar. Mi mujer no se ha enterado y sigue dormida, pero yo me he levantado, me he puesto la bata y me he acercado a la puerta de casa, de donde procede con especial fuerza el insólito sonido. La abro y veo que la escalera está llena de gente con mascarillas que desciende. Van en una fila de dos y no mantienen la distancia sanitaria. Me acerco a ellos y escucho que murmuran, al unísono: «¡Desescalada! ¡Desescalada! ¡Desescalada!». Vuelvo a entrar en casa, me pongo la mascarilla, recojo de mi escritorio las llaves de la puerta, salgo otra vez y me uno al grupo. «¡Desescalada! ¡Desescalada! ¡Desescalada!», murmuro con ellos, y bajamos un piso tras otro, hasta que comprendo que llevamos por lo menos nueve, y el edificio de mi casa tiene siete. El ámbito es cada vez más tenebroso, y la voz de la gente se hace más retumbante: «¡Desescalada! ¡Desescalada! ¡Desescalada!». Entonces comprendo que estoy soñando, pero no consigo despertar y continúo descendiendo por las escaleras, que se hunden en un espacio de total oscuridad.

La verdad es que este extraño confinamiento, pese a esa libertad del paseo, se está alargando demasiado, y yo me siento progresivamente inmerso en una rara sensación, como si durante el día continuase la misteriosa especie de duermevela en la que paso las noches.

Repasando los cuentos que voy a leer en el *telefilandón* del 20 de mayo, he encontrado uno que podría ajustarse a ciertos aspectos oscuros de esas perspectivas psicológicas:

Hipocondría mayor

A lo largo del confinamiento me había ido encontrando cada vez peor. Se lo dije a mi mujer. «¿Qué te duele?», me preguntó ella. Dolerme no me dolía nada, ni tenía fiebre: era una opresión extraña que me atenazaba, una profunda impregnación desoladora. «Tienes que ir al médico». La doctora Dávalos —a quien fui a visitar con la mascarilla y los guantes reglamentarios— no me encontró ningún mal, pero ante mi insistencia me prescribió varios reconocimientos importantes, y ninguno mostró nada significativo. «Deberá consultar con un psicólogo». Tras una larga, exhaustiva entrevista, el psicólogo dictaminó que se trataba de una imprecisa hipocondría. «Posiblemente, consecuencia de este largo encierro. Voy a recetarle un ansiolítico». Mas continué sintiéndome cada vez peor, aunque seguía sin fiebre ni dolor alguno, hasta que una mañana, ya muy cerca del final del confinamiento, ocupaba mi mente solo una sólida opacidad en la que no brillaban otros signos de memoria que mi nombre, flotando con aire lapidario. Entonces comprendí que había fallecido. Sin embargo, no le he dicho nada a nadie, y llevo mi muerte con mayor resignación de lo que llevé mi vida, porque sé que el asunto ya no tiene remedio...

Como es el llamado Día de la Madre, nuestras hijas Ana y María nos han telefoneado para felicitar a Mari Carmen. Ana y Manuel nos dicen que han dado un largo paseo por Pozuelo, pero María cuenta que, en la estupenda mañana que han tenido en San José de Níjar, donde siguen obligatoriamente, han ido andando con nuestra nieta Ana desde la casa hasta Cala Amarilla —¡un paseo extremadamente largo!—, se han bañado, y al regresar por la playa de Genoveses, donde tampoco había nadie, han encontrado una pequeña lancha con un desvencijado motor fueraborda, sin duda una patera, al parecer con un único tripulante, un marroquí que, en francés, les explicó que tenía a su madre enferma en París y que había cruzado el mar para ir con ella... María y Paco se quedaron muy desconcertados, pero le dijeron que por aquella zona había mucha gente marroquí, y le indicaron el camino hacia el pueblo...

A Mari Carmen y a mí no nos extrañó el caso, porque hemos visto llegar a varios lugares del Cabo de Gata pateras con pocos tripulantes, pero nos conmovió el complejo destino geográfico del arriesgado navegante...

En lo que queda de tarde activa, y antes de que llegue la hora de asomarme al balcón del dormitorio, quiero seguir profundizando en Google desde el libro tan interesante de Daniela Pizzagalli sobre Sofonisba Anguissola, pero antes voy a echar un vistazo a las palabras que nos quedan por debatir en el pleno de la RAE tras el del pasado jueves, 30 de abril, al que *teleasistieron* los reyes, y en el que se presentaron algunas que están en ebullición en el momento que vivimos.

Yo no sabía, por ejemplo, que sinónimos de *mascarilla* —cuyo significado, tal como están las cosas, hay que matizar— son la palabra cubana *nasobuco* y la argentina, boliviana y paraguaya *barbijo*. Como tampoco sabía que *morgue*, a pesar de lo que dice el diccionario, no equivale exactamente a *depósito de cadáveres*... Vimos otras palabras, el pleno se alargó un poco y nos quedó por analizar, lo que haremos el jueves próximo, lo referente a *cuarentena*, *desescalar* y *videollamada*. El español se llena continuamente de palabras vivas.

Antes de que crezca mucho más la luz del sol, ya en este lado de la casa, intento profundizar en internet desde un párrafo del libro de Daniela Pizzagalli en el que la autora dice, al hablar de los viajes que la familia Anguissola hacía regularmente a Mantua para visitar a la hija-hermana-monja Elena-Minerva:

> ... Amílcar encontró el modo de introducir a Sofonisba en la corte de los Gonzaga. Hizo de intermediario probablemente el pintor Fermo Ghisoni, un

ayudante de Giulio Romano, seguidor del manierismo parmesano y por ello cercano a Bernardino Gatti, el segundo maestro de las hermanas Anguissola, que había podido hablarle de aquel prometedor talento femenino. La hipótesis es sugerida por el inventario de la galería de los Gonzaga, donde figuraban dos obras de Sofonisba hoy perdidas...

Con lo cual, además de conocer a mucha gente interesante, voy comprendiendo hasta qué punto el padre de Sofonisba fue determinante, tanto para la carrera personal de su hija como para su difusión artística... ¡Un Gonzaga la sacó a bailar la gallarda el día de la boda de Isabel de Valois y Felipe II en Guadalajara! Acaso el que merecía otra novela era el tal Amílcar, más que padre, especie de dios lar o mánager...

Llamo a Mari Carmen y salimos al balcón. La vecina del tercero sigue sentada ante la mesita y escribiendo en el ordenador portátil, flanqueado por el libro y el cuaderno, y confieso que me da envidia. ¡Si es un ensayo, estará disfrutando mucho de aquel mundo del Siglo de Oro que, con todas sus restricciones sociales, tanto puede enseñarnos todavía en materia de formación humanística de los jóvenes, aunque fuesen solo los de las clases altas!... ¡Y si se trata de una novela, me fastidia haber sido demasiado petulante —por no apuntarme como primer descubridor— y no haberme metido antes a trabajar con un personaje tan atractivo!

Y pienso que, con calma —porque seguro que hay tiempo—, voy a intentar conectar con la chica para continuar hablando del asunto.

El sol ha perdido su fuerza y se acerca la hora del aplauso a los sanitarios y a todos los que están luchando contra la pandemia.

Corremos las estrechas hojas de la ventana y vemos que estamos los de siempre. Saludamos con el brazo a Jaime, hijo de Merche Jiménez y de nuestro antiguo amigo, fallecido hace muchos años, Bernardo Alberti; a su esposa, Olga; a sus deliciosas hijitas Laura y Lucía, que viven en el quinto piso de la casa que está al otro lado de la calle, enfrente de la nuestra, y empezamos a aplaudir con la restricción espacial de la dichosa ventana.

En la cercanía hay otro vecino que, mientras dura la primera parte de los aplausos, tres minutos, transmite dos veces seguidas la Marcha Real a través de un altavoz, y luego alguna música de zarzuela, o algún chotis, o algún corrido mexicano, o ese *Resistiré* del Dúo Dinámico...

A los cinco minutos yo me retiro para prepararme mi merienda-cena —una finísima lámina de queso, la mitad de una manzana, pera o plátano, no más de siete unidades de cada uno de diversos frutos secos: almendras, avellanas, medias nueces y arándanos, un dátil y treinta y tres centilitros de cerveza...—. Y al rato vuelvo a la sala para sentarme a merendar-cenar, mientras Mari Carmen se toma en la cocina su única cena, una infusión relajante y un puñadito de nueces y dátiles.

Cuando he terminado, sigo dándole vueltas al libro de Daniela Pizzagalli, tan interesante como riguroso, que además nunca cae en los tópicos de la *leyenda negra*..., esperando que lleguen las nueve, hora en la que vemos todos los días el telediario.

Mas a las nueve vuelve a sonar el repique hojalatero, y me acerco a la ventana para descubrir, como el otro día, a algunos de los que están haciendo sonar la cacerolada... Son pocos, y en todas sus terracitas luce la bandera nacional. El bullicio metálico tiene por objeto, al parecer, protestar contra la actuación del gobierno, y me pregunto qué es lo que el gobierno puede hacer, sino esperar con prudencia que amaine la agresividad del virus. ¿Es anticonstitucional la declaración del estado de alarma? ¿Lo bueno sería que cada uno hiciese lo que le diese la gana, que abriesen los bares y las salas de fiesta? No soy capaz de comprender qué es lo que quieren estos *protestantes*..., gongorinos, quevedescos, o *avellanedados*...

Mientras siguen sacudiendo los cacharros nos sentamos a ver las noticias, y en ese momento suena el timbre de la puerta de entrada en el edificio. Es nuestro nieto Pablo, que nos dice que nos asomemos a la ventana, y nos informa a voces que ha venido al garaje de la plaza de Valparaíso para ver cómo está la batería del coche de su madre. Nos tiramos unos besos. Luego sabremos, a través del móvil, que el coche no arranca. Más daños derivados del dichoso confinamiento...

El día terminará ante una serie televisiva que hemos descubierto, *Madam Secretary*, que por lo visto lleva ya muchos años, en la que una magnífica y para nosotros desconocida actriz, Téa Leoni, interpreta a la secretaria de Estado del gobierno norteamericano, en una estupenda ambientación en la Casa Blanca, interesante desde muchas perspectivas, con un guion muy bien desarrollado, continuas complicaciones políticas y diplomáticas, y que muestra la idea que tienen los norteamericanos de sí mismos, sean demócratas o republicanos. ¡Justo la opuesta a la nuestra! ¡Y, por cierto, en la atractiva serie no existimos en el mundo!

Terapia de Tere / D

Como es lógico, tras haber recibido ayer la noticia de la muerte de la tía Pura, al regresar hoy del mercado llamaste a la prima Enriqueta y la has encontrado muy triste.

—No puedo dormir, Tere. Pienso en sus últimos días, tan sola en un hospital, y no puedo dormir... Además, sigo aquí encerrada. Y las clases telemáticas ya ni siquiera me animan, me parecen una tortura, y mis alumnos cada día más tontos.

—Poco a poco, Enriqueta... Ya sabes que pensamos en ti con mucho cariño.

—Seguís en mi casa, claro.

—Pues sí, porque parece que falta más de un mes para que nos podamos mover por la provincia.

—¿Qué tal tu chico?

—No para de pintar... Está haciendo una panorámica de la ciudad desde lo alto del edificio. Aunque te parezca mentira, apenas nos vemos.

—O sea, que tú también estás sola.

—Pues más o menos.

—¿Qué tal tus padres y tus hermanos? Me han llamado, pero no les he preguntado nada, con los nervios.

—A todos nos ha tocado dispersos el confinamiento. Mis padres en su casa, en León, y mis hermanos, Luis en su casa, en Sevilla, y Paula aquí en Madrid, también en su apartamento, pero todos sin novedad, al parecer.

También llamaste a la tía Mari, y has comprobado que está muy mustia y con pocas ganas de hablar.

—Estoy tan mal, que después de veinte años me he puesto a hacer punto, para olvidarme de todo —te dijo.

—Te quiero, tía Mari.

—Y yo a ti...

No has dejado de llamarlas ni un solo día, y si Fortu está presente, te lo reprocha:

—¿Otra vez? ¿No eres un poco pesadita?

—No soy pesadita, sino todo lo contrario, es una forma de manifestarles mi cariño, mi solidaridad.

—Pero te saldría más barato el guasap.

Fortu no para de pintar, y ya te avisó de que la obra está muy avanzada. Va colocando los cuadros en una habitación abandonada —la casa es enorme, has pensado siempre, y ahora te preguntas qué harán Enriqueta y sus hermanos con ella— y parece que el conjunto va a quedar bastante atractivo, aunque como panorámica es muy raro.

—Por muy despacio que vaya, ya llevo más de las tres cuartas partes, diez cuadros, solo me quedan dos. Claro que traje otros cinco lienzos pequeños, y voy a pintar con ellos algunas perspectivas del patio, porque renuncio a pintarte a ti mientras sigas con la dichosa Sofonisba... Pero no sé qué voy a hacer cuando se me acaben.

—Puedes comprarlos por internet.

—Sería hacer el gilipollas. Me sale mil veces más barato comprar la madera y montar yo los bastidores, y en El Escorial tengo listones y lienzo de sobra.

—Pues tú verás. Es cosa tuya, sin duda.

El confinamiento os ha llevado definitivamente a la abstención sexual. En ti no hay ningún deseo, pero tampoco en él. Incluso decidiste dormir en el cuarto de invitados.

—Como a ti te gusta ver la tele hasta tarde, así puedo acostarme antes y no me despiertas al llegar —argumentaste, y él no puso ninguna objeción.

Cuando salías con Álvaro te asombraba lo impregnado que estaba de ciencia ficción. Es más, tal vez lo valoraste excesivamente pensando que eso era indicio de una rica imaginación, hasta que comprendiste que, para él, la ciencia ficción era una especie de santuario que mantenía encendidas dentro de su cabeza ciertas quimeras infantiles llenas de magos, parajes imposibles, especies extrañas y seres voladores, por ejemplo. Acaso su absurda muerte tuvo que ver con todo aquello...

Ahora piensas, con creciente desolación, que el talento pictórico de Fortu no se complementa con otras cualidades: por ejemplo, la austeridad, que tú imaginabas como una virtud, no es más que pura y simple tacañería. Además, es mezquino para todo, y ha convertido esa siniestra tara en una regla para medir lo que lo rodea, convencido de su buen juicio: el desprecio por Lucía, su forma de analizar la obra de Sofonisba, su rechazo a asumir cualquier gasto en el que no sea él el único beneficiario...

Como es bastante fisgón, no hace mucho que encontró en la mesa en la que trabajas, entre los papeles que trajiste de San Lorenzo para verlos despacio, un documento en el que Médicos Sin Fronteras te agradece la modesta cuota mensual con la que colaboras, y te miró sorprendido y burlón, agitando el papel:

—¿Pero les regalas pasta a estos?

—Sí, ¿qué pasa?

—Espero que, cuando me pides dinero, ni un céntimo de él tenga este destino...

—Mira, Fortu, ya te he dicho que nuestros gastos principales dependen solo de mí, aunque las cosas van a cambiar...

—De eso tenemos que hablar.

No quisiste salir del tema en el que estabais.

—Pero ¿se puede saber qué tienes contra esas organizaciones no gubernamentales que se dedican a ayudar a la gente?

—¿Ayudar a la gente? ¡Todo es mentira, bobita! ¡Gastan una pequeña parte de la pasta en sus supuestos fines benéficos, pero la mayor tajada es para unos cuantos! ¡En el mundo de las oenegés ya se han descubierto timos en varias ocasiones! ¡No seas ingenua!

Su mirada miserable de la realidad era cada día más patente para ti, y fulguraba en los comentarios de las noticias del telediario sobre la pandemia —en los que siempre coincidía con las feroces críticas de la oposición al gobierno, lo que no impedía que aborreciese también a la oposición— y que lo llevaban a menudo al disparate, como el de afirmar que el virus era un producto de laboratorio cuyo destino era acabar con la gente más vulnerable e innecesaria:

—Los que sobran, esos viejos decrépitos que ya no valen ni un farrapo, los montones de refugiados que no tienen nada que aportar, los miles de mendigos que andan basureando por ahí, en las grandes metrópolis, las multitudes míseras de África... Acaso no sea una mala idea para la limpieza de la especie, un nuevo maltusianismo.

A pesar de todo, los días han seguido pasando, ya es 3 de mayo y se puede salir a pasear con ciertas limitaciones. Fortu y tú no lo hacéis juntos, porque él dice que lo que le gusta es correr. Se pone unas zapatillas deportivas ya muy desvencijadas y unos pantalones cortos, y se va.

Tú sales también, pensando en acercarte a puntos de los alrededores que no conoces mucho: el Auditorio Nacional, el parque de Berlín..., sin poder entrar en él, porque los parques están clausurados. Además, has quedado citada en la plaza de Cataluña con tu hermana Paula, para poder charlar un poco personalmente y no a través del móvil.

La ciudad, la inmensa mayoría de las tiendas cerradas y las colas ante las farmacias, las panaderías, los mercados... —todo el mundo con el rostro oculto tras la mascarilla—, tiene un aire que suscita una extraña sensación de duermevela.

En un momento de tu paseo, ves acercarse corriendo la figura de Fortu. Te detienes, pensando que él también lo va a hacer, pero continúa al mismo ritmo y desaparece calle abajo tras levantar la mano para hacerte un ligero saludo.

Tras atravesar pequeñas colonias de chalets, muy agradables por su accesible y cercano tamaño y ricas en vegetación, que no sospechabas que abundasen tanto en esta zona de Madrid, regresas a casa. Al entrar en el portal te encuentras con el escritor, y os reconocéis a pesar de la mascarilla.

—¡Menos mal que ya nos dejan salir! —dice.

—Sí —respondes—. Es una forma de apaciguar la claustrofobia.

—¿Y qué tal sigue su amistad con Sofonisba?

¿Es un modo de mantener la conversación con un tema que ya ha creado una relación entre vosotros, o una obsesión suya? De todos modos, ya no te tutea...

—Inalterable —respondes—. Pero veo que usted no se la quita de la cabeza.

—Le confieso que me ha seducido —dice con aplomo—. Aparte de ser una magnífica pintora, es un modelo en cuanto a su comportamiento como persona... ¿Pero va usted a escribir su novela, o no?

—Ya le he dicho que no soy escritora. Soy bibliotecaria en la biblioteca del Retiro...

Notas que de pronto se queda cortado.

—¡Claro! Me tiene que perdonar, sabía que nos conocíamos, pero cada vez tengo peor la cabeza. ¡En la biblioteca del Retiro! ¡Pero si he estado allí dando una charla! Perdóneme, por favor. Soy un desastre...

—No hay nada que perdonar. Seguro que da usted muchas charlas, no tiene por qué recordarlas todas.

—Usted se llama Teresa, claro, lo recuerdo... Y en su biblioteca hablé de la escritura de ficciones. Aunque, como es conocido por los psicólogos, escribir, si escribimos lo que nos sucede, puede ser también una terapia...

En este momento llegó su mujer con un carrito de la compra, él nos presentó y confesó su despiste.

—Cada vez se acuerda menos de las cosas... —dice ella—. Pues yo no pude asistir ese día.

Entonces habló él:

—No me atrevo a invitarla a nuestra casa, pero podemos charlar un rato uno a cada lado de este sofá del vestíbulo y con mascarilla. Por favor, como tiene mi teléfono y mi correo electrónico, cíteme. Estoy abochornado con mi despiste, y me encantaría hablar con usted, de Sofonisba o de lo que sea.

Os despedisteis. Pensabas en la escritura como terapia. Claro que lo sabías, pero no se te había ocurrido recordarlo cuando comenzaste a escribir esta especie de anárquico diario.

Fortu tardó en enterarse de que estabas escribiendo, porque se pasa las jornadas en los altos de la casa, pero un día que te vio y te preguntó qué hacías tanto tiempo en el ordenador, le dijiste que estabas anotando cosas sobre asuntos pendientes en la biblioteca, y no volvió a interesarse en el asunto.

La *Terapia de Tere*, ¿es eso lo que estás haciendo, sentada ante este balcón o en la mesa de trabajo de la pobre tía Pura, si llueve? ¿Y por qué no lo has hecho antes en tu vida?

Piensas que los motivos de que estés escribiendo este absurdo diario han sido el maldito confinamiento en este espacio extraño, y la segura consolidación del Fortu que tan pronto había comenzado a marcarse sobre el que creías conocer, mostrando una personalidad aborrecible.

Y pensando en eso, desde el balcón del escritorio de la pobre tía Pura, y viendo volar de vez en cuando una rara y escasa bandada de golondrinas, se te ha pasado el tiempo, y cuando llega Fortu y te pregunta «¿qué vamos a comer hoy?», resulta que no te has puesto a preparar nada.

—Como dice mi amiga Mar, *menú degustación*: sobras, y una ensalada con lechuga, atún, zanahoria, pimiento y tomate. ¿Te parece bien?

—Ya sabes que me parece bien todo.

Después de comer te ayuda a meter las cosas en el lavaplatos, como de costumbre, veis la televisión, para saber cómo sigue la pandemia, y al terminar te abraza y te dice al oído:

—¿Qué opinas de un polvete?

Te sorprende ese inesperado impulso erótico.

—Vaya, veo que correr te ha despertado la libido.

No demasiado animada, lo acompañas al dormitorio de la pobre tía Pura, pero consigue estimularte y al fin disfrutas del abrazo.

—Hay que recuperar las buenas costumbres —dice Fortu.

—Pero si te pasas el día entre las palomas y las antenas de televisión.

—La dichosa panorámica ya está casi acabada, y como has podido apreciar, es muy buena. No van a tener más remedio que reconocer lo que valgo.

—Para eso es muy importante que tu galerista se mueva.

—En cuanto esté terminada y todo bien seco, llamaré a Salinas para que mande a recogerla y la almacene hasta la fecha de la exposición.

—Ojo, no se vaya a retrasar con este lío de la pandemia.

Se queda inmóvil, con los ojos extraviados.

—¡No lo había pensado! ¡Voy a llamarle ahora mismo! ¡Hemos hablado algunas veces, pero no de eso!

Habla con él y te mira con aire satisfecho. Al parecer, la fecha de la exposición va a seguir siendo la misma, aunque uno de los pintores que iba a exponer antes del verano ha fallecido como consecuencia de la infección por el virus.

—Era una especie de expresionista abstracto nada interesante. Con su muerte no se ha perdido nada. Pero hay que reconocer que en esta lotería yo he tenido suerte —te dice, con su acostumbrada falta de piedad por las desgracias ajenas.

Piensas en cómo es posible que hace un rato hayas tenido un orgasmo en brazos de alguien tan insensible.

—Pobre hombre —respondes—. No ha perdido la exposición, sino la vida.

—Todos tenemos que morir algún día, Tere, no te pongas estupenda, por favor. Además, yo no lo conocía de nada, ¿por qué tengo que lamentar su muerte más que la de cualquier otro desconocido del mundo? Lo que sí te aseguro es que la historia del arte no ha tenido una baja memorable.

¡La historia del arte! Verdaderamente te sorprendió la referencia, porque parecía mostrar un sueño secreto.

—Bueno, Fortu, eso de la historia del arte, ¿con mayúsculas?, son palabras mayores...

—¿Palabras mayores? No hay artista, sea cual sea su oficio, que no quiera quedar en la historia del arte. Algunos lo acaban consiguiendo por razones absurdas, como Andy Warhol o muchas de las chorradas de Dalí.

Te vino a la cabeza una broma malévola:

—¿Tú también quieres quedar en la historia del arte con mayúsculas?

Te miró súbitamente desconcertado, lo que pocas veces habías visto en él, y tardó un poquito en responder:

—Mira, guapa, yo pinto porque es lo que más me gusta hacer en este mundo, pero si de alguna manera mi pintura supone una forma diferente de mirar y de expresar, ¿por qué no?

—¡Por eso te fastidia tanto que no te reconozcan!

En su mirada, el desconcierto se mudó en un fulgorcillo entre burlón y maligno.

—El que no me reconozcan supone que no puedo vender al precio que me gustaría, y eso es lo que más me importa, a ver si te enteras de una vez. Lo de la historia del arte es una forma de hablar.

—Eres tú quien lo ha dicho, no yo.

Ahora su mirada tenía el brillo incrédulo de siempre.

—Al fin y al cabo, eso del reconocimiento puede ser una chorrada. Mira el de esa Sofonisba que tanto te fascina. ¿Merece de verdad estar en la historia del arte con mayúsculas?

No quisiste discutir.

—Yo creo que sí, Fortu, como creo que tu pintura es interesante de verdad, y que pronto se enterarán. Ya lo verás.

Saltó de la cama.

—Voy a trabajar un rato arriba.

—Nunca te lo había preguntado, pero trabajar por la mañana y por la tarde en el mismo motivo, ¿no es complicado desde el punto de vista de la iluminación? ¡Ahora el sol está del otro lado!

—Pues esa es una de las gracias de la panorámica, así cada uno de los diferentes cuadros tiene sus propios matices de luz. ¿Es que todavía no te has fijado en eso, con todos los que llevo pintados?

Pues no, no te habías fijado, y cuando subió fuiste a la habitación en que están los cuadros y comprendiste que, en efecto, por el referente hay una continuación lógica entre ellos, pero como no son estrictamente rea-listas, el cambio de iluminación no les da unidad, sino todo lo contrario...

Vida de Sofonisba, V
La vida con Fabrizio

Sofonisba no echaba de menos el matrimonio. Primero, porque poder dedicarse a la pintura libremente, y de alguna forma haber conseguido vivir muy bien de ello —aunque las rentas como dama de la reina a veces tardasen en materializarse, por los problemas de la tesorería—, era para ella un incomparable privilegio.

Además, todavía recordaba la primera vez que, en Cremona, su padre había decidido buscarle marido, y cómo renunció a ello al conocer la dote que los posibles esposos pretendían recibir, muy superior a sus posibilidades... —aunque a Sofonisba le dijo que eran ellos los que carecían de nivel económico suficiente—, y también, porque la vida cortesana podía resultar a veces un poco agobiante, pero estaba cargada de fiestas, de viajes, de magníficos espectáculos, y en aquellos años había hecho múltiples amistades, lo que no le hacía añorar una relación única y pertinaz.

En España, al poco de llegar y cuando ya Sofonisba era muy apreciada por la jovencísima reina Isabel, había tenido un pretendiente, aunque nadie conoció nunca aquella historia. Fue su padrino, el conde Brocardo. Su relación familiar había creado entre ellos una cálida amistad, y luego la estancia en Milán previa al viaje a España, y el viaje, que tanto duró, habían fortalecido su respectiva confianza e intimidad.

Había sido el propio Brocardo quien se lo propuso, un día en que paseaban por los jardines del Alcázar.

—Mi querida Sofonisba, ¿no crees que ha llegado ya el tiempo de que pienses en buscar esposo?

Sofonisba se quedó muy sorprendida.

—¿Esposo? ¿Casarme?

Miró con fijeza al conde Brocardo y se echó a reír.

—Ya me he acostumbrado a pintar, a tocar la espineta en compañía, a ir de aquí para allá, a bailar en las fiestas... ¿Cómo puedo saber que un esposo me permitiría continuar con esta vida?

—Yo te lo puedo asegurar, si es a mí a quien aceptas como tal. Tengo quince años más que tú y ya debo también pensar en casarme. No encontrarás un compañero que más te admire y respete, te lo aseguro...

A Sofonisba no le sorprendió la proposición, que por otra parte no le incomodaba, porque desde que se conocieron, siendo ella todavía una niña, su padrino el conde Brocardo la había tratado con una delicadeza que tenía algo de amoroso. Sin embargo, recordó lo que impedía aquel matrimonio.

—Gracias, mi querido conde, pero vos sois caballero de la Orden de Malta, pertenecéis a la Orden de San Juan de Jerusalén. ¿No estáis obligado a mantener el celibato?

En el rostro del conde Brocardo hubo un gesto jubiloso.

—¿O sea que, si no fuese por ese impedimento, me aceptarías?

Sofonisba se echó a reír con calidez.

—¡Claro que os aceptaría! Os aseguro que no sois mal candidato...

El conde Brocardo sabía que querían enviarle al papa Paulo IV el precioso retrato que Sofonisba había hecho de la reina Isabel, y pidió ser él quien lo llevase, con el propósito de hablar directamente con el pontífice y rogarle que lo eximiese del celibato.

Sin embargo, todas sus esperanzas se desplomaron cuando el severo papa se negó a complacerlo.

—Conde, debo recordaros que os habéis comprometido con el celibato para toda la vida. El matrimonio no puede ser excusa de ninguna manera... Además, sois el comendador de Cremona en la Orden de Malta... Daríamos un ejemplo nefasto.

A su regreso a Madrid, el conde Brocardo aprovechó una fiesta en el Alcázar para hablar con Sofonisba y contárselo, aunque intentó hacerlo sin dramatismo.

—A Su Santidad le encantó tu retrato de nuestra amada reina.

—¿Y no hablasteis de nada más? —preguntó Sofonisba, con inevitable curiosidad esperanzada.

—Lamentablemente sí, querida Sofonisba. Le pedí lo que yo quería pedirle y me respondió que debo continuar siendo célibe hasta el sepulcro.

Sofonisba sintió una emoción desoladora que la dejó sin habla.

—Tendrás que pensar en otro consorte... —añadió el conde Brocardo.

Sofonisba se lo quedó mirando con afecto. Se sentía muy defraudada, pero también optó por la normalidad expresiva:

—No tengo ninguna prisa, mi querido conde.

Y tantos años después, el rey Felipe II había encargado a un servidor suyo, Diego López de Haro —Diego de Córdoba, el caballerizo real—, encontrar marido en Italia para Sofonisba, contando con la ayuda del conde Brocardo Persico.

Al parecer, los posibles candidatos, gente importante del ducado de Milán, fueron fallando: uno, porque la dote de la supuesta esposa no le parecía suficiente, a pesar de que Sofonisba contaba con una cantidad respetable en el testamento de la reina, incrementada por otra de la misma cuantía por voluntad del rey, aunque ninguna de ambas millonaria; otro, porque exigía a cambio la gobernación, en aquellos momentos vacante, de determinado territorio italiano, que el rey no estaba dispuesto a concederle...

Mientras tanto falleció Brocardo, y los intermediarios acabaron hallando un candidato en tierras sicilianas, un hombre de la edad de Sofonisba, Fabrizio de Moncada Pignatelli Carafa, conde de Caltanissetta y gobernador de Paternó, segundo hijo del príncipe de Paternó. Al parecer era culto: poeta y aficionado a la pintura...

Las negociaciones resultaron favorables al matrimonio y Sofonisba se fue preparando para ello, despidiéndose de toda la gente amiga que a lo largo de aquellos catorce años había ido encontrando en España.

Para dejar testimonio de su afecto quiso pintar el retrato de Ana de Austria —la tez blanca, el cabello rubio, los ojos intensamente azules...

También pintó a las infantas, ambas serias, ahora con siete y seis años, respectivamente, Isabel Clara Eugenia con la mano sobre el pecho y Catalina Micaela sosteniendo el pequeño mono al que tanto quería...

Y mientras continuaba Sofonisba sus despedidas, más dolorosas para ella de lo que había imaginado, tuvieron lugar las capitulaciones matrimoniales, y dos meses después la boda en el Alcázar, con el cónyuge, Fabrizio de Moncada, ausente, representado en la ceremonia por su primo Fernando Moncada, y en presencia de la reina Ana y de las infantas, entre otros... Y luego el viaje a Barcelona, donde embarcaría rumbo a Palermo para encontrarse con el hombre, ya marido suyo, a quien aún no conocía.

Los seis años de matrimonio con Fabrizio no resultaron demasiado satisfactorios en ningún sentido. Para empezar, el primer encuentro carnal con su marido, que una virgen como ella esperaba con mucho interés después de haber oído tantas cosas sobre el asunto, la decepcionó, porque arrancó con una fuerte molestia y no consiguió darle el gusto que era capaz de proporcionarse ella misma...

Y esa falta de placer, del que Fabrizio, sin embargo, daba muestras con sus fuertes resoplidos y sus jadeos, se había mantenido a lo largo de todo el tiempo de la unión conyugal. Acaso porque él era demasiado impaciente, pues, aunque no mostraba deseos de yacer con ella con la frecuencia que, según se decía, era habitual en los varones, cuando lo hacía se retrasaba muy pocos minutos en resolver su urgencia, sin que antes del encuentro carnal hubiese manifestado ninguna forma de acercamiento, caricias, besos, tocamientos suaves, lo que al parecer era protocolario en esos casos.

Sofonisba no había tardado mucho en comprender que su marido, capaz en efecto de escribir versos interesantes y hasta de ayudarla en el retoque de los fondos de los cuadros, estaba demasiado obsesionado con determinados asuntos familiares y sociales. La dote de ella había contado con una herencia generosa de la reina Isabel y con una cantidad similar del rey, además de determinada renta anual procedente de la aduana de Palermo y numerosos regalos materiales —joyas, ajuar...—, pero resultaba que Fabrizio no tenía más que deudas.

La riqueza familiar estaba en el padre, pero el heredero natural era el hermano mayor, César, que había muerto el año anterior y que estaba casado con Luisa de Luna, hija del duque de Vibona, que había tenido de César un hijo, Francisco, y que se había apropiado de la beneficiosa tutela del mismo, que según los usos ancestrales hubiera correspondido a Fabrizio, el hermano menor del padre fallecido...

Sofonisba había advertido enseguida la grave enemistad que, por su contienda, enfrentaba a su marido y a su cuñada, enemistad que repercutía de continuo en todas las relaciones familiares, pues Fabrizio no tenía vivienda propia y se veían obligados a compartir el palacio de los Moncada con Luisa de Luna y sus allegados...

El caso es que las joyas que Sofonisba había ido atesorando en sus largos años de servicio a la reina de España, o como agradecida respuesta a muchas de sus pinturas, fueron siendo empeñadas o vendidas por su marido para afrontar la falta del indispensable peculio. Por otra parte, la gobernación de Paternó tenía tan escasa renta, que con ella Fabrizio no lograba siquiera cubrir la retribución de las fuerzas de seguridad.

Así, las desazones económicas hacían que Fabrizio no pensase en otra cosa, y sus charlas solían tratar siempre de lo mismo, con especial intensidad en lo tocante a las maniobras de su cuñada para quitarle la tutela del sobrino... Por otra parte, Sofonisba intentaba apoyar a su marido con sus bienes, pero la situación económica de la familia Anguissola, a la que seguía ayudando, lo hacía todo muy complicado.

Para alejarse lo más posible de aquella vida de enfrentamientos familiares, Sofonisba solía visitar a menudo Palermo, donde tenía amistades entre las autoridades del virreinato y otras relacionadas con su vida en la corte madrileña. Pintó varios retratos de nobles de la ciudad, y de vez en cuando asistía a alguna fiesta, lo que la descargaba un poco de sus pesadumbres cotidianas. También estableció buenas relaciones con los mejores pintores sicilianos, pues su condición de artista era notoria en la isla.

Cierto tiempo después del matrimonio de Sofonisba con Fabrizio murió don Pedro de Luna, padre de Luisa. En la isla acababan de pasar una peste terrible, como algunas de las que ella había conocido en España, pero felizmente nadie de su entorno se contagió. Ya no vivían en el palacio de los Moncada, sino en una casa que un pariente, amigo desde la infancia de Fabrizio, les había arrendado a un precio barato, y una noche Fabrizio llegó con noticias que lo mostraban muy nervioso, casi fuera de sí.

—¡Me he enterado de buena fuente de lo que pretende la zorra de mi cuñada!

—Tranquilízate, Fabrizio...

—¡Va a casarse con Antonio de Aragona, el conde viudo! ¡Con eso todavía tendrá más lazos con el virrey! ¡Pero eso no es lo peor! ¡Lo peor es que va a comprometer formalmente a mi sobrino Francisco con la hija de su nuevo marido, para que se casen cuando sean mayores de edad! ¡Así, nunca conseguiré su tutela!

—¿Pero es posible eso? ¡Necesitarán licencia para casarse, van a ser hermanos!

—¡Aquí el virrey es Dios, y ese Antonio de Aragona es familiar suyo!

—¿Y no puedes hacer nada para que te den la dichosa tutela?

—¡Tengo derecho a ella! ¡Y me ayudaría a mantener unas rentas hasta su mayoría de edad! ¡Pero estamos en las mismas, o peor!

El virrey de Sicilia era todavía Carlos de Aragón y Tagliavia, duque de Terranova, que tenía parentesco con Antonio de Aragona, el supuesto nuevo prometido de Luisa de Luna...

Una de las cosas que le había llamado mucho la atención a Sofonisba en la corte del virrey era el lujo —mayor, desde luego, que el de la corte real en España— y su ostentación, así como la tranquilidad con que la gente se ufanaba de lo que conseguía mediante sus influencias y relaciones...

Sofonisba estuvo pensando en ello.

—Yo puedo escribirle al rey y hablarle del caso... —dijo al fin.

—¿Lo harías, querida Sofonisba? —preguntó Fabrizio, con evidente emoción.

—Claro que lo haré. Además, le enviaré la carta con unas miniaturas que he pintado para las infantas...

—¡Eres maravillosa, Sofonisba mía! ¡Conseguiremos que se haga justicia!

Sofonisba había escrito y enviado la carta al rey, pero el tiempo pasaba y no había respuesta, y la boda de Antonio de Aragona y de Luisa de Luna tenía ya fijada fecha, con lo que Fabrizio de Moncada decidió ir en persona a Madrid y llevar él mismo una misiva de Sofonisba al monarca, volviéndole a explicar el caso.

Fue por entonces cuando Cornelia, el ama de la casa, una antigua servidora de Sofonisba con la que había tenido desde el primer momento la buena conexión personal que la caracterizaba en su comunicación con la gente, quiso hablar con ella discretamente para advertirle de que el señor don Fabrizio andaba contando, acaso con poca prudencia, que iba a viajar a Madrid para informar al rey de las malas mañas de su cuñada a propósito de la tutela de su sobrino y pedirle justicia.

—Dice que va a darle una lección a doña Luisa... Que ella tiene mucha influencia con el duque de Terranova, pero que la suya con el rey es mayor... Y yo creo que no debería decir esas cosas, mi señora... Me parece poco cauteloso...

Cuando Sofonisba habló del asunto con Fabrizio, este no supo qué contestar... Por fin embarcó rumbo a Barcelona, y a los pocos días llegó la noticia del ataque pirata y de la muerte de Fabrizio.

Y Sofonisba volvería a recordar ese día muchos años después. Era el mes de abril y la primavera fulguraba en toda la isla, con un sol deslumbrante, e incluso hacía más calor del acostumbrado, pero Sofonisba había sentido de pronto frío y se encontró rodeada de sombra.

—Fueron unos piratas. Atacaron la galera, frente a Capri, y el capitán se acercó lo más posible a la costa, para que los viajeros pudiesen tirarse al agua y llegar a la orilla, mas el señor Fabrizio se ahogó, con unos siervos.

El emisario que habían enviado del virreinato para comunicárselo la miraba con fijeza, y ella lo despidió tras agradecerle la rapidez en traerle la noticia, pues el suceso había tenido lugar, al parecer, apenas cuatro días antes...

La muerte de su marido la llenó de tristeza y ahora, mientras busca ropa más fresca y descubre unos guantes del pobre Fabrizio, ha vuelto a pensar en él.

Sofonisba recibió muchos pésames, pero no el del nuevo virrey, y Cornelia volvió a informarle, en secreto, de lo que la gente decía por ahí: que el ataque de los piratas había estado preparado, ya que era muy extraño que hubiese muerto solo una persona de las muy importantes que viajaban en la galera, donde iba incluso el duque de Terranova, que había concluido su cargo de virrey en aquellos mismos tiempos.

—Cornelia, no digas esas cosas... Si el ataque lo prepararon los enemigos de Fabrizio, no iban a poner en peligro al principal de los protectores que siempre han tenido. Son cosas de la vida, que hay que aceptar...

Con la muerte de Fabrizio se inició un espacio de tiempo de los más penosos en la memoria de Sofonisba. Para empezar, necesitaba recuperar todo lo que, referente a su dote, Fabrizio había ido invirtiendo en diversos asuntos que él consideraba lucrativos, así como bastantes objetos valiosos que también había empeñado... Además, tenía que resolver las cuestiones correspondientes a sus derechos hereditarios como viuda de Fabrizio, que había fallecido sin testar...

Mientras tanto, escribió otra carta al rey Felipe II, informándole del caso y pidiendo su apoyo, y esta vez el rey respondió enseguida, ofreciéndole lugar en el entorno cortesano, como había estado durante tantos años y donde sería recibida con mucha complacencia de su parte.

Mas Sofonisba no quería regresar a la vida de la corte y decidió volver a Cremona, donde todavía seguía viva su madre Blanca. Y como los asuntos económicos sin resolver la aturdían demasiado, tomó la resolución de llamar a su hermano Asdrúbal, que tanto le debía, y poner en sus manos todos los poderes necesarios para resolver esos problemas.

Sofonisba llevaba tiempo enfrascada en una pintura cuyo tema pertenecía a una tradición siciliana que, al parecer, se remontaba al antiquísimo asedio de Constantinopla por los moros, dirigidos por tierra por el general Maslama, y por mar por el almirante Solimán.

Es la figura la Virgen con el niño en brazos, sentada en un gran soporte de madera. Dos ángeles ayudan a dos ancianos monjes a llevarlo a sus espaldas. A su paso se arrodillan varias figuras, entre ellas la de un obispo... Al fondo, en el mar, se ven un par de barcos diminutos.

La tradición contaba que los monjes eran de la Orden de San Basilio, y que para enfrentarse al ejército y a la flota de los moros, tras colocar la imagen de la Virgen Odigitria en un sustentáculo, la transportaron a la orilla del mar y, después de asentarla frente al enemigo agresor, rezaron pidiendo al cielo su destrucción, hasta que un súbito y violento temporal deshizo la flota y arrasó con las tropas de tierra.

La Virgen, cuyo nombre pasó de Odigitria a Itria, mereció ser venerada en numerosos lugares de Sicilia, y muchos pintores, de diferentes categorías, habían dejado testimonio de su imagen.

En memoria de Fabrizio, que le había ayudado a pintar el mar y otras zonas del cuadro, y antes de abandonar Sicilia para dirigirse a Cremona, Sofonisba terminó el cuadro de la Virgen de Itria y lo donó a los padres franciscanos conventuales.

Y después de que hubiese llegado su hermano Asdrúbal, que se hizo cargo de todos los temas económicos pendientes, embarcó en una galera que la debía llevar a Génova, camino de Cremona.

Notas de confinamiento, 5

Es sábado, 9 de mayo, y sigue el veranillo. A las nueve y media de la mañana, el termómetro marca diecinueve grados en la calle, y las escasas nubes no consiguen ocultar el sol.

Compraremos los periódicos a las once, cuando salgamos a dar nuestro obligado paseo, pero los datos en internet sobre la situación de la pandemia en España ayer nos ofrecen casi trescientos mil positivos, 26.299 fallecidos —229 ayer— y 131.148 recuperados.

Tal como están las cosas, la cifra de muertos hoy es de 179, de ellos 43 en Madrid, el mayor número de toda España, y no es de extrañar la dimisión de la directora de Salud Pública, para quien Madrid no está preparada para la alegre desescalada que al parecer pretendía la presidenta de la Comunidad y que finalmente el gobierno no autorizó.

En cualquier caso, se abre el parque de Berlín que, aunque sea pequeño, nos permitirá dar una vuelta por él en nuestro paseo...

La semana pasada hubo bastantes novedades. Como por culpa de los líos de la pandemia, el 1 de abril no pude operarme de la hernia inguinal, como estaba previsto, el pasado 6 de mayo visitamos al doctor Jorgensen, que va a ser quien realice la operación el día 27 de mayo. Al ver mis guantes de algodón blancos me dijo que no servían para nada, y me regaló unos azules de plástico. Me indicó que debía enterarme de si mi marcapasos es compatible con el bisturí eléctrico, lo que confirmé a la vuelta a casa por teléfono, tras la debida consulta... Por cierto, el lunes 25 de mayo me harán el dichoso test PCR; me he enterado de que son unas siglas en inglés —cómo no— que significan «reacción en cadena de la polimerasa».

Otra novedad fue la entrevista que me hizo Alfredo Valenzuela, de la Agencia EFE de Sevilla, a propósito de *A través del Quijote* y que ayer terminé y envié. Me apetece incluirla en este diario:

P.— *Unamuno, Azorín, Ortega, Borges... Más recientemente Trapiello y Salman Rushdie. ¿Es el* Quijote *inspiración literaria?*

R.— Sin contar que desde el principio inspiró a Avellaneda, influyó notablemente en la literatura inglesa y en la rusa, como señalo en mi libro. Ya no por la voz, desde ese «Desocupado lector...» del prólogo, que fija un discurso en primera persona que quedó implantado en la literatura, sino por cierto tipo de humor, por los arquetipos, por las actitudes de los dos protagonistas, que acabaron influyendo hasta en el cómic... El *Quijote* es una pieza inmortal, y siempre será motivo de sugerencias literarias.

P.— *Convendría advertir que en su* A través del Quijote *salen coches y carreteras.*

R.— He querido atravesar el *Quijote* en todos los sentidos: no solo el libro original, capítulo tras capítulo, sino también los espacios supuestamente quijotescos en la actualidad, para reflexionar sobre la condición mítica y simbólica de esa Mancha que recorren el caballero y el escudero, y que hay muchos que se empeñan en considerarla reproducción fiel de la verdadera... Por otra parte, hasta en La Mancha quijotesca caben coches y carreteras, ¿o es que vamos a olvidarnos del mago Frestón?

P.— *Y hasta una breve aparición de Donald Trump...*

R.— En la edición hay cerca de cien imágenes quijotescas de sesenta y dos ilustradores de los siglos XVII al XXI, y una de ellas, del estupendo pintor y dibujante Antonio Madrigal, nos muestra a don Quijote y a Sancho descubriendo a Donald Trump, que va avanzando imperturbable mientras grita *America First!* Don Quijote, sorprendido, lo confunde con un gigante, y el pobre Sancho, compungido, comenta: «¡Ya la hemos liado!». Estoy seguro de que, si viviese ahora, don Quijote intentaría retar a Trump, en defensa de los miles de infelices que no deja entrar en su país para intentar sobrevivir.

P.— *Y el juego cervantino de mencionar a su editor, Jesús Egido, en el séptimo capítulo.*

R.— Siempre me ha interesado que la literatura juegue materialmente con la realidad. A mí me gusta decir que la realidad no necesita ser verosímil, en ella se pueden producir las cosas más disparatadas... ¿Por qué exigirle tanto rigor a la literatura y no a la realidad? Por otra parte, Jesús Egido, responsable de la magnífica edición, está tan implicado en el libro como yo.

P.— *Usted propone una lectura creativa del* Quijote. *¿Qué es eso?*

R.— Pues que a estas alturas, no sé si posmodernas, ese libro admirable, aunque tenga cuatro siglos y pico de antigüedad, hay que leerlo con imaginación, con libertad, sin dejarnos ceñir por la aparente restricción verbal —que es mucha menos de lo que la gente piensa, y la edición de Francisco Rico es idónea para resolver lo que resulte confuso— y dispuestos a divertirnos, a pasárnoslo bien... Poner algo de nosotros, caramba.

P.— *¿Se le ocurren, a bote pronto, tres razones para leer el* Quijote*?*

R.— La primera, porque es un libro psicológicamente provechoso, cuyo sentido profundo es «cree en tus sueños y lucha por tus sueños»; la segunda, porque es magistral en la historia de la literatura al mostrarnos cómo se puede ser a la vez loco y cuerdo, como don Quijote, o tonto y listo, como Sancho... (Ojalá muchos de nuestros gobernantes tuviesen el talento que él demuestra en la Ínsula Barataria). Y la tercera, porque nos enseñará a descubrir las muchas historias leídas, o vistas en el cine o en la tele, que tal vez admiramos mucho, y que provienen de él.

P.— *No solo sigue la estructura original del* Quijote, *sino que también aborda su plagio, el de Avellaneda, ¿por qué?*

R.— Por esa tremenda contradicción: sin el robo siniestro de Avellaneda, Cervantes no hubiera escrito la segunda parte del *Quijote*... Algo tan doloroso para él fue, sin embargo, el aliciente para cerrar la mejor novela que han visto los siglos...

P.— *En un cuento atribuye la autoría del* Quijote *de Avellaneda a Miguel Delibes y cuenta que Martín de Riquer viajó en la máquina del tiempo para depositarlo en la época de Cervantes. ¿No teme que le acusen del mismo mal que padeció don Alonso Quijano?*

R.— El libro está lleno de cuentos y minicuentos de muchos estilos... En este caso, utilizo la ciencia ficción para lograr que Cervantes remate su obra. En cuanto al mal que padeció el ingenioso hidalgo y caballero, acaso esto de escribir tenga algo que ver con ello. Al fin y al cabo, don Quijote vivía con naturalidad en el espacio de su imaginación.

P.— *¿Prefiere el término minicuento a microrrelato?*

R.— Siempre he defendido la denominación «cuento» frente a la de «relato», porque relato puede ser desde un prospecto medicinal hasta el acta de una junta de vecinos... Pues en la corta distancia narrativa, lo mismo.

P.— *En la dedicatoria de su libro incluye cuarenta y nueve nombres, ¿amigos, maestros, compañeros...? ¿Todos relacionados con el* Quijote?

R.— Todos nombres de gente amiga, o de personas con las que tuve una relación afectuosa, lamentablemente fallecidos. Me apeteció recordarlos... Forman una especie de epitafio. ¿Y qué lugar más noble que un libro quijotesco?

P.— *Como académico ¿cree que Cervantes hubiera aceptado el término «desescalada»?*

R.— Acaso para el descenso de Sierra Morena... Pero las palabras las crean los hablantes, y esa, que a mí no me gusta, no está incorrectamente construida...

La peculiar denominación —«desescalada»— me ha hecho recordar el *telemaratón* académico del pasado jueves —junta de gobierno, después reunión de la comisión y luego pleno—, cuatro horas y pico que me cansaron muchísimo más que cualquier tarde «presencial» en la sede de la RAE... No sé a quién le he oído decir que hay una diferencia entre los «analógicos» y los «digitales». Para empezar, pienso que hay que repasar esos términos en el diccionario, pero no creo que la diferencia entre lo que suponen ambas palabras determine algo similar en la psicología profunda de los seres humanos. En fin, esperemos que pase la pandemia y podamos recuperar las formas habituales de comunicarnos...

Al regresar de la caminata —una hora, como de costumbre— he sentido la extrañeza de los demás paseos. Creo que los que recorremos a estas horas las calles —muchos, más viejos que Mari Carmen y yo, y casi todos apoyados en cachas, bastones y otros artilugios, con las mascarillas— damos una misteriosa sensación... Pienso que podía escribir un minicuento con ese tema, por ejemplo:

Paseos en tiempo pandémico

Son numerosos, y todos ancianos. Solos, o en parejas, separados unos pasos, tanto ellos como ellas caminan torpemente, ayudándose con bastones, muletas o andadores. Las mascarillas les dan a sus rostros una invisibilidad ominosa. Me he preguntado: ¿adónde van? Mas sigo su misma ruta, hasta percibir que los cristales de mis gafas se empañan por el aliento que sale de mis narices y mi boca, obstaculizado por la mascarilla, y que yo también me apoyo en una cacha. Continúo sin comprender. ¿Adónde vamos? Pero sigo con ellos mientras la luz de la mañana se va diluyendo entre las nubes y empiezo a recordar que debería salir de aquí, que debería regresar a mi casa. ¿Pero dónde está mi casa?

En el parque de Berlín hemos descubierto que los magnolios deben de estar sufriendo también el ataque de algún hongo o agresor similar, por el aspecto lastimoso que presenta su follaje. Sin embargo, los castaños están exuberantes, y la mayoría del arbolado manifiesta el brío primaveral. Por otra parte, han desaparecido las cotorras verdes invasoras —a saber dónde se habrán metido— y hay un mirlo al pie de cada árbol...

Al volver a casa y abrir el correo electrónico me encuentro con un mensaje de Enrique Álvarez que me agradece el texto sobre la obra galdosiana que le he enviado, en sustitución de una conferencia que iba a impartir en Santander en un acto literario cancelado por la situación pandémica.

Son dieciocho folios, y en ellos expreso mi sorpresa, cuando vine a estudiar a Madrid, ante el menosprecio que muchos supuestamente lectores cultos manifestaban hacia la obra de Galdós, para mí uno de los más grandes novelistas del siglo XIX, no inferior a Balzac, Victor Hugo, Flaubert, Dickens, Tólstoi, Dostoievsky..., de quienes también fui joven lector. A Galdós lo conocí en las *Obras completas* que editó Aguilar, al cuidado de Federico Carlos Sáinz de Robles, que pertenecían a la biblioteca familiar y que todavía conservo. En la misma época descubriría, también en la biblioteca familiar, a otros grandes escritores del XIX —Pardo Bazán, *Clarín*, Allan Poe...—, además de los citados.

De estudiante, ya en Madrid, iría encontrando otros tiempos de escritura y otras imaginaciones, de lo maravilloso o lo fantástico a la ficción científica o lo metaliterario..., con mucho placer, siempre que los textos en que se mostraban tuviesen verdadera calidad.

Valle-Inclán había admirado a Galdós, pero el mote despectivo de «garbancero» que le puso en *Luces de Bohemia* cuajó como una especie de bandera orgullosa, muestra de la vitalidad «moderna» frente a la supuesta decadencia del «realismo rancio». Y con el paso de los años, otros escritores estimados por la crítica en diferentes perspectivas y más cercanos a mi generación, como Juan Benet o Francisco Umbral, por ejemplo, manifestaron esa postura «antigaldosiana».

Claro que hay sólidos intelectuales y creadores, desde luego nada arcaizantes, como Ricardo Gullón, Max Aub, Luis Cernuda o Luis Buñuel, que valoraron con mucho aprecio la obra de don Benito. Pues no hay que olvidar que Galdós fue autor de treinta y una novelas, cuarenta y seis «episodios nacionales» —también estructuras novelescas— y treinta y tres obras de teatro, y que no hay novela de Galdós que no ofrezca con fuerza los aspectos que son recurrentes en toda su obra: descripción meticulosa y verosímil de escenarios naturales y sociales; composición segura de innumerables personajes —Sáinz de Robles relaciona más de dos mil quinientos, sin contar los históricos, que también son numerosos— y ámbitos morales y sentimentales; tramas sólidas, y mano certera, eficaz, para desarrollarlas a través de momentos y secuencias interesantes. Mas, sobre todo, algo muy claro, que nunca dejó de plantearse como objetivo de su escritura: el afrontar en cada uno de sus libros lo que pudiéramos denominar un «gran tema», porque lo que de ninguna manera se le puede recriminar es su ambición al elegir los asuntos, muy candentes en su problemática.

Por otra parte, aunque en mucha menor medida, Galdós también nos ha dejado muestras de su capacidad para construir ficciones breves —dejó escritas por lo menos treinta piezas del género— a partir de *Un viaje redondo por el bachiller Sansón Carrasco*, cuando tenía dieciocho años, inicial homenaje inconcluso al *Quijote*, y luego, a lo largo del tiempo, con textos en la prensa de naturaleza crítica —como *Una industria que vive de la muerte* o *Manicomio político y social*—; metaliteraria —así, *El artículo de fondo*, o *Un tribunal literario*— e incluso fantástica o maravillosa —ejemplos serían *Celín*, *La mula y el buey*, *La princesa y el granuja*—, y hasta algunos que, como *Aquél* o *La sombra*, entrando en una especie de enfrentamiento con la propia identidad desde cierto absurdo onírico, podrían calificarse de «prekafkianos». También en el género novelesco, por ejemplo, *El amigo Manso* resultó precursora de ciertos descubrimientos «metaliterarios» posteriores —«Nivola galdosiana», la llamó Gullón en su ensayo *Técnicas de Galdós*—.

Y hay que añadir que su realismo no deja nunca a un lado el mundo de los sueños, tan importantes para el Luisito Cadalso de *Miau*, para Almudena, el moro ciego de *Misericordia*, para el protagonista de *Ángel Guerra*, para Isabelita Bringas, para don José de Relimpio e Isidora Rufete en *La desheredada*, para Fortunata y Maximiliano Rubín en *Fortunata y Jacinta*, para Torquemada en *Torquemada en la cruz*, por citar solamente algunos textos, que también Ricardo Gullón ha analizado con especial finura en su libro *Galdós, novelista moderno*. Por otra parte, en libros como *El caballero encantado*, Galdós utiliza una especie de magia fantástica con toda naturalidad...

Luego, ante la imposibilidad de analizar todas las novelas de la gigantesca producción —y dejando aparte, ya de entrada, las espléndidas series de los *Episodios nacionales*—, hablo primero de una novela corta —*Marianela*— y de otra de extensión canónica —*La familia de León Roch*—, ambas del año 1878, en la primera época del autor, para referirme después a otras tres novelas pertenecientes al ciclo de «Novelas españolas contemporáneas», como las denominó el propio Galdós: *La desheredada*, de 1881, *Fortunata y Jacinta*, de 1887, la más extensa de las que escribió, y *Torquemada en la hoguera*, de 1889, otra novela breve, para terminar recordando una de las últimas novelas del autor, *El caballero encantado*, de 1909.

Mi reciente relectura de *Casandra* ha hecho que me arrepienta de no haberla incluido en el artículo por su supuesta condición «teatral», pues el propio don Benito está en lo cierto cuando la denomina «novela teatral»: tiene mucho más de novela.

En fin, que la conmemoración centenaria del fallecimiento de Benito Pérez Galdós es ocasión afortunada para recuperar a uno de los más grandes novelistas del siglo XIX.

Después de la comida vemos la televisión, como de costumbre, toda ella impregnada de las alegrías de la inicial desescalada. Y muy pronto yo abandono la visión de ese futuro inmediato en las islas Canarias o Baleares que, según dicen, puede ser más favorable al turismo de lo que estaba previsto, y regreso a mi escritorio.

La tarde, cargada de nubes, se ha vuelto muy oscura, de manera que acaso llueva. Hoy no veré a mi vecina del tercero absorta en su tarea...

A eso de las cinco hablamos con María, que nos cuenta una anécdota divertida: al regresar esta mañana a casa desde Genoveses se encontraron con alguien, cosa rara, un hombre que caminaba hacia la playa; al llegar al punto en que ellas estaban, Ana, que era la que iba delante, se detuvo y se apartó, para cederle el paso, y él le dijo: «Muchas gracias, señorita», lo que hizo que Ana, entusiasmada, alzase ambos brazos y gritase: «¡Qué bien! ¡Me han llamado señorita!». Al parecer el hombre es inglés, y María le explicó que Ana tiene cuatro años, y que en la palabra «señorita» había encontrado el significado que tiene para ella la excelsa denominación de sus profesoras del colegio...

Luego, al hilo de los comentarios, nos relató otro suceso del que no nos había hablado hasta ahora: hace un par de días, al bajar a esa playa de Genoveses, Ana echó a correr y María la llamó, pero nuestra nieta no le hizo caso, y la madre la perdió de vista, sin dudar de que iba delante de ella y por el sendero habitual, lo que no era así, pues Ana, sin que María se diese cuenta, había bajado por el camino más ancho. Mientras seguía la ruta, María intentaba localizar a Ana, pero esta había entrado sin duda ya en el acceso flanqueado por los pinos, y no lograba verla por ningún lado... Pasado cierto tiempo, recibió una llamada de Paco, su marido, en la que le informó de que Ana estaba en casa. Había esperado a su mamá en determinado lugar de ese otro camino que había seguido sin que María lo supiese, y como no venía, había regresado a casa para advertir a su papá de la desaparición de mamá...

El caso, que por un lado nos inquietó, por otro nos regocijó, al constatar la capacidad de decisión de nuestra pequeña nieta a sus cuatro años. Lo malo es que esa soledad sin amigos de su edad durante tanto tiempo empieza a afectarla, pues hoy intentamos hablar con ella, en una llamada con imágenes que nos hizo María, y no solo no conseguimos que nos mirase, sino que mantuvo un aire distante y hosco que parecía tener algo de reproche...

Pero como no puedo quitarme a Sofonisba de la imaginación, quiero dejar constancia de que, tanto en el libro de Daniela Pizzagalli como en el de Bea Porqueres, hay numerosas reproducciones de documentos, cartas y otros textos que manifiestan, aparte de un artificioso y exagerado uso de los títulos correspondientes a las personas, una enorme finura a la hora de expresar los sentimientos. Lo barroco del trato no obstaculiza la precisión con que se relatan determinados aspectos. Por ejemplo, Porqueres reproduce un fragmento de Giorgio Vasari en el que, dentro de un texto referente a la vida de los pintores Garofalo y Da Carpi, al hablar del retrato de su padre con Asdrúbal y Minerva, y del de la reina Isabel, ambos pintados por Sofonisba, dice:

... la casa del señor Amílcar Anguissola —por esa razón felicísimo padre de esta honesta y honrada familia— me parece albergue de la pintura, y de todas las virtudes. Pues si las mujeres saben hacer tan bien a los hombres dándoles vida, ¿cómo puede maravillarnos que aquellas que quieran sepan hacerlos igualmente bien pintados?

Y lo que no deja de sorprenderme es cómo, acaso por los encierros interiores a que me obliga el enclaustramiento físico al que estamos sometidos, estoy sintiendo una simpatía hacia Sofonisba que me parece desbordar los siglos y percibirla como un personaje presente y cercano en mi propia vida...

Terapia de Tere / E

Fortu estaba muy latoso. Menos mal que, desde el momento en que pudo salir a la calle, aparte de correr muy pronto hora y media todas las mañanas, empezó a ir en autobús a varios lugares que le interesaba pintar en los pequeños lienzos que le quedaban —había renunciado a su propósito de retratar el patio de vecindad—, hasta que el día de San Isidro había conseguido terminarlos todos.

—¿Y qué voy a hacer ahora? —repetía.

—¿Por qué no lees algo?

—Leería novelas policíacas, o cualquier cosa entretenida, pero en esa biblioteca de tu tía solamente hay diccionarios, y el *Quijote*, y la *Ilíada*, rollos académicos y cosas así.

—Ella era profesora de latín, y mi tío, de matemáticas. Como mis primos son aficionados a los cómics, voy a ver si te encuentro alguno. Y alguna novela policíaca. Tranquilo.

—No me interesan los cómics. ¿Qué voy a hacer ahora?

—Dicen que en la semana del 25 de mayo se permitirá visitar la segunda residencia. ¿Por qué no sales más a correr? Seguro que no te vendrá mal.

—¿Y qué hago hasta el día 25?

Fortu estaba tan inaguantable que el día de San Isidro por la tarde, aunque llovía, decidiste salir de casa y darte una vuelta larga, para descansar de él un rato.

La semana que comenzaba el lunes 25 de mayo, ya la pandemia en la fase uno de la llamada desescalada, os permitiría ir a «El Escorial de arriba», pero como tú tenías ciertas telerreuniones con la biblioteca, decidiste que iríais el fin de semana, del viernes 29 al domingo 31, y Fortu se puso furioso.

—¡Esto lo haces a mala leche, Tere, si no, no se entiende! ¡Yo necesito mis putos lienzos!

—¡Pues vete en el cercanías, Fortu! ¡Tú necesitas tus putos lienzos y yo no podré llevarte hasta el puto viernes, 29 de mayo!

Fueron días en los que manifestó hacia ti una hosquedad que te pareció cómica y patética a la vez. No te dirigía la palabra, pero asumía que siguieses haciendo la compra y preparando la comida, y salía a correr con toda normalidad, aunque estaba fuera de casa mucho más tiempo que antes.

Por fin llegó el viernes 29. Fortu madrugó mucho y te despertó.

—¿No nos vamos a ir hoy a El Escorial?

Te levantaste, desayunaste, te arreglaste, y a las nueve de la mañana ya estabais en la carretera.

—Como a partir de ahora ya podemos volver aquí, prepararé unos diez o doce lienzos —dijo varias veces—. Lo justo para una temporadita... Tengo que pensar en el tamaño.

En la pequeña parcela que rodea la casita que había sido de tus abuelos había una frondosidad selvática, estimulada sin duda por las abundantes lluvias.

—Habrá que limpiar un poco todo esto —dijiste.

—Pero hemos venido a lo que hemos venido —protestó Fortu—. Y tienes que ayudarme.

—Habrá tiempo para todo, Fortu, pero empezaremos con lo tuyo, por supuesto.

La casa estaba polvorienta, y abundaba en esa pelusilla que, cuando eras niña, la sirvienta de tu casa, Trini, todavía la recuerdas, decía de ella que eran nidos de ratones. Mientras tú abrías ventanas para ventilar y comprobabas el estado del frigorífico, Fortu se metió en el cuarto que usaba como almacén y enseguida lo oíste reclamar tu presencia:

—¿Qué pasa, Tere, vienes o no vienes?

Como dice el tópico, Fortu nunca dejará de sorprenderte. Tu experiencia con él aquella mañana fue una de las más desagradables de tu vida.

Buscó los listones que iban a servir para montar los bastidores, sacó la sierra y te indicó cómo tenías que sujetarlos en una especie de canal metálico mientras él serraba, de acuerdo con las diferentes medidas, pero al parecer todo lo hacías mal.

Tenía los ojos un poco extraviados, y te lanzaba improperios:

«¡No te muevas, tonta! ¡Sujétalo bien, hostia! ¿Pero se puede saber en qué coño estás pensando? ¡Te digo que no te muevas! ¿Eres gilipollas?».

Pero tú no tenías conciencia de moverte, ni de no seguir correctamente sus instrucciones.

De repente te sentiste muy humillada, tratada como sin duda lo eran los esclavos, y en un momento en que te pidió que le dieses el martillo con la brusca exigencia que estaba manifestando al dirigirse a ti, estuviste a punto de estampárselo en la cabeza.

Al fin llegó un momento en el que dijiste:

—¿Puedo irme a preparar la comida?

Como si despertase de un misterioso sueño, sus ojos recuperaron el aspecto habitual:

—¿Qué hora es?

—La una.

—¡Anda! ¡Se me ha pasado el tiempo volando! ¡Pero hemos adelantado mucho! ¡Están preparadas casi todas las piezas! Ahora solo falta montarlas y luego cubrirlas con el lienzo...

Nada más comer, tras tomar el café, dijo que había que seguir preparando los lienzos.

—Es viernes, Fortu, quedan mañana todo el día y el domingo. ¿No te parece que te va a sobrar tiempo?

—Hay que ser previsores, querida. Cuanto antes lo terminemos, mejor.

Lo miraste con fijeza y hablaste despacio:

—Cuanto antes lo termines tú.

Como lo habías dicho con tanto énfasis, mostró sorpresa.

—¿Cuanto antes lo termine... yo? ¿Es que no me vas a ayudar?

Estuviste mirándolo un ratito antes de contestar:

—Claro, no te has enterado de cómo me trataste esta mañana... ¡Nunca me he sentido tan ofendida!

También él te miró en silencio antes de hablar.

—Eso mismo me han dicho ya otras veces... Es que me pongo un poco nervioso. Pero no hay que hacerme caso.

—No sé quién puede haberte ayudado mientras lo vejabas y lo insultabas, pero en mi caso te aseguro que no volverás a hacerlo, porque mi papel de auxiliar maltratada se acabó.

—Pero lo que queda es complicado: medir el lienzo, cortarlo... Yo lo tensaré y lo clavaré, pero para lo primero necesito ayuda.

—Pues no cuentes conmigo. Me he emancipado. *Vive la liberté!*

El domingo pensabas salir a dar un paseo hasta el monasterio, pero el día estaba muy oscuro y te quedaste en casa, esperando que Fortu terminase sus tareas.

—Parece que viene una tormenta... —le dijiste—. ¿Cuándo podremos irnos?

—Hacia las seis, creo yo —respondió, muy hosco.

Desde tu negativa a ayudarle mantenía un aire mohíno y huidizo.

—Ya lo tengo todo casi acabado, pero luego deberé prepararlo para meterlo bien en el coche. Nos podremos ir a las seis, seguro.

No habías querido seguir discutiendo y lo tratabas como si no hubiese sucedido nada, pero Fortu continuaba con su aspecto mustio, acaso ofendido, como si la que tuviese que pedir perdón fueses tú y no él.

A las cinco, más o menos, empezaron a oírse truenos a lo lejos, y Fortu te comunicó que ya había terminado.

—Solo queda meterlo en el coche.

—A eso sí te ayudaré —dijiste, pero te aseguró que no era necesario.

—Lo meteré yo, igual que lo he acabado de hacer yo...

Cuando os pusisteis en marcha, la tormenta estaba ya encima y pronto los rayos multiplicaron su cercana presencia. El trayecto hasta Madrid fue un continuo chaparrón, y en la ciudad vivisteis una experiencia parecida a lo que habías visto en la tele, mientras ocurría en diversas ciudades españolas: las calles convertidas en pujantes torrenteras, hasta el punto de que evitaste entrar en el túnel de Reina Victoria, por si allá abajo había un encharcamiento peligroso. El cruce de la Castellana, a la altura de El Corte Inglés, amedrentaba, pues el volumen del agua que corría debía de tener más de treinta centímetros de profundidad, y el avance de los coches hacía saltar a los lados de cada vehículo enormes chorros acuáticos.

Fortu mantenía su silencio y no le comentaste nada, aunque te preguntabas con preocupación qué pasaría en la subida por Infanta María Teresa. Sin embargo, de allí hasta la casa de la tía Pura todo fue mucho mejor, y Fortu habló para decir algo que te llamó la atención:

—Se nota que por aquí el alcantarillado debe de estar mucho mejor...

Llegasteis sin novedad a la casa, entrasteis en el garaje, y esta vez no puso trabas a que tú también acarreases lienzos desde el coche hasta el ascensor...

Pero esa noche, antes de dormir, con la sensación catastrófica del diluvio que habías vivido en el regreso a Madrid, pensando en el carácter de Fortu, en lo mal que te había tratado mientras lo ayudabas, en lo jubiloso que lo viste cuando, ya en el garaje, iba sacando del coche los lienzos que había preparado para seguir pintando sus curiosas perspectivas, volviste a recordar a Álvaro.

En el carácter, Fortu y Álvaro no se podían comparar. Álvaro era generoso, mostraba a menudo su cariño hacia ti, era siempre un compañero agradable, pero su fascinación por las ficciones sobre viajes interplanetarios, cataclismos cósmicos, meteoritos que podían destruir el planeta Tierra... y las supuestas tecnologías del futuro, una fascinación que era como la sombra extraña de su condición de economista que trabajaba en el departamento de finanzas de una gran empresa, lo acabó llevando a unos espacios de experiencia personal que te habían llegado a parecer absurdos.

Te lo había confesado un día. Entonces todavía vivías en el apartamento alquilado en Madrid, porque aún no habías heredado el chalet de la abuela, y Álvaro había venido a recogerte para iros al teatro. No vivíais juntos —nunca llegasteis a hacerlo—, pero tu apartamento os servía para vuestros encuentros amorosos, porque él continuaba viviendo con sus padres.

—Tengo que contarte una cosa —te dijo—, un verdadero descubrimiento que he hecho el pasado domingo.

Había sido durante el fin de semana en que tus padres celebraban en León un importante aniversario familiar y fuiste a pasarlo con ellos y el resto de la familia. Y al parecer, Álvaro había aprovechado la ocasión para ir con unos amigos a un lugar denominado La Muela de Alarilla, en Guadalajara, e iniciarse en el vuelo con parapente.

—No te había contado nada porque antes quería probarlo. Y me ha entusiasmado, querida Tere, no te imaginas lo que es la sensación de volar por ti mismo. Te sientes Superman o Wonder Woman, porque también había chicas. Tienes que animarte.

—Pero eso debe de ser muy peligroso.

—Qué va, no es eso que llaman un deporte de riesgo, si estás bien entrenado, claro. Hay solo una muerte por cada quinientos sesenta saltos... Tienes que venir conmigo el próximo fin de semana. Volaremos juntos y te diré cosas bonitas mientras lo hacemos.

Pero nunca lo intentaste, porque no te resultaba nada atractivo eso de volar colgada de una especie de enorme cometa cóncava, de manera que bastantes fines de semana —los de tiempo más plácido— te los pasabas sola, mientras Álvaro iba a volar.

Hasta que un domingo tuviste una llamada de Patricio, un hermano de Álvaro, para comunicarte lo de su accidente mortal.

Ahora piensas que, a pesar de todo, tanto en Álvaro como en Fortu coincide la persistencia de cierta mirada infantil o adolescente del mundo. Álvaro, con su ciencia ficción, su interés por los cataclismos y su atracción por esos deportes raros —cuando lo conociste, la rotura de una pierna lo había hecho abandonar esa brutalidad que consiste en tirarse montaña abajo en bicicleta—; Fortu, con su permanente soberbia, su menosprecio de todo y su irreductible egoísmo.

Aunque Álvaro no se podía comparar con Fortu en lo cariñoso, en lo atento, hasta el punto de que lo recuerdas muchas veces con ternura. ¿Qué extraña tara te hace enamorarte de este tipo de hombres? ¿Tú también llevas en tus zonas secretas una curiosa atracción por ciertos «héroes», que acaso tengan que ver con cuentos y lecturas infantiles?

Al día siguiente ibas a acercarte a la biblioteca —estabais preparando una forma de reapertura que, aunque precisaría «cita previa», requería una coordinación de todos los que trabajabais allí— y le dijiste a Fortu que se organizase la comida con lo que había en el frigorífico.

Al regresar, lo encontraste eufórico.

—En mis salidas a correr me he metido por esas colonias y barrios que rodean estas calles y me he encontrado con lugares estupendos: voy a hacer un repertorio de placitas y rincones. Además, son sitios muy tranquilos para pintar, apenas hay coches y poca gente anda por allí.

—Pues me alegro —le dijiste con sinceridad, porque pensaste que el nuevo motivo pictórico lo tendría entretenido.

Y ciertamente, entre sus carreras matutinas, sus ausencias pictóricas y tus visitas a la biblioteca —que había que desinfectar para ir preparando eso que los políticos llaman «nueva normalidad»— os veíais menos y os llevabais mejor, e incluso hacíais el amor de vez en cuando.

Una mañana en que él andaba dando una de sus habituales carreras, sonó en la casa un móvil que no era el tuyo. El sonido venía del salón, que a pesar de todo Fortu había convertido en su sala del trono, y como tú estabas en la habitación de al lado, en el escritorio de la tía Pura, descubriste que era el del móvil de Fortu, que permanecía dentro de la cartera en la que guarda sus papeles.

Contestaste y te preguntaron por él.

—No está en casa en este momento —dijiste—. Pero regresará enseguida.

—¿Es usted su mujer?

Te quedaste un poco desconcertada, mas al cabo respondiste, sin entrar en explicaciones.

—Sí. ¿Hay algún problema?

—Todo lo contrario. Es sobre su piso de la calle de la Madera. Como sabe, con el lío de la pandemia quedó sin arreglar el cuarto de baño, pero ya está terminado. Dígale que me llame, que está todo listo para que lo pongamos en alquiler.

—Se lo diré cuando regrese.

Te quedaste verdaderamente perpleja. ¿De modo que Fortu tenía un piso y nunca te había hablado de él? Te pareció todo tan raro que decidiste ser cauta al informarle, y cuando regresó de su carrera, se duchó y se preparó para salir a pintar, le hablaste del asunto.

—Te dejaste el móvil olvidado —dijiste—. Te llamaron.

Notaste en su gesto y en sus ojos que era consciente de haber cometido algún error.

—Cuando salgo a correr nunca lo llevo, para no perderlo. Pero hoy me olvidé de apagarlo... ¿Quién era?

—Bueno, lo encontré en la cartera de tus papeles y era no sé quién, que me dijo algo sobre el arreglo de un baño... No me enteré muy bien. Que lo llames.

Notaste que se tranquilizaba.

—Es en la casa de mi tía Flora. Como ya está mayor, me he ocupado yo de que le arreglen unas cosas de la casa. Enseguida lo llamo. Ahora me voy a pintar.

—Pero llévate el móvil, por si tengo que darte algún recado.

—Claro. Ahora no voy a correr...

Vida de Sofonisba, VI
Una vida nueva

El azar quiso que Sofonisba, al embarcar en Palermo rumbo a Génova con el propósito de regresar a Cremona, se encontrase con que el capitán de la galera que la iba a transportar era un marino que ya había conocido en el mismo puerto cuando fue a despedir a Fabrizio en su frustrado y mortal viaje a España. Se llamaba Orazio Lomellino.

En aquella despedida de Fabrizio, cuando llegaron al puerto —ella se había empeñado en acompañarlo desde Paternó—, su esposo y aquel hombre, al verse, se habían saludado muy amistosamente, porque al parecer se conocían de algún anterior viaje, y Fabrizio le había presentado a Sofonisba con manifiesta satisfacción.

—Aquí tenéis a mi esposa Sofonisba... De los Anguissola de Cremona, y una pintora extraordinaria, que ha sido celebrada por su santidad el papa y hasta por el divino Miguel Ángel...

Orazio Lomellino andaría por los treinta años, y a Sofonisba, quince años mayor que él, la atrajeron de inmediato tanto su aspecto físico como su naturalidad, su aplomo y su amable disposición.

Una vez que Fabrizio quedó embarcado en la galera que debía transportarlo, que se preparaba para partir, Orazio y ella continuaron hablando en el muelle, y el hombre no se retiró ni cuando la galera, manejada por aquellos ocultos remeros que llamaban «chusma», se fue separando del puerto y buscando la debida orientación, hasta largar la vela y alejarse, mientras Sofonisba y otros que habían acompañado a los viajeros se despedían de ellos con gestos y gritos afectuosos.

Al parecer, Orazio llevaba trabajando como marino desde la adolescencia —empezó siendo grumete de su padre— y había llegado ya a capitán, e invitó a Sofonisba a conocer su barco, a lo que ella accedió de modo espontáneo, como si fuese lógico que una señora casada, que acababa de despedir a su marido para un viaje, acompañase a un recién conocido a su galera, y hasta entrase en el pequeño camarote donde este dormía para tomar con él una copa de vino de Toscana.

Orazio Lomellino le contó a Sofonisba muchas de sus aventuras marinas, y ella lo escuchaba y lo miraba con un embeleso que jamás había dedicado a ningún varón. En el tema de los peligrosos piratas —que habrían de quedar tan vivos en la imaginación de ella tras la muerte de Fabrizio—, Orazio tenía un inagotable anecdotario.

Un súbito repique de campanas, propio de la hora, hizo comprender a Sofonisba que tenía que despedirse de aquel hombre fascinante para regresar a Paternó, un viaje que le iba a llevar toda la tarde y parte de la noche. Lo hizo, percibiendo la separación como un inesperado desgajamiento, acaso porque Orazio era el hombre que más le había interesado en toda su vida, por quien había sentido una inexplicable y poderosa atracción que ni siquiera el conde Brocardo había despertado en ella...

Y, de repente, se encontraba con que el capitán de la galera Patrona —nombre sutilmente protector—, que había de trasladarla a Génova, era el mismo Orazio Lomellino.

—¡Orazio! —exclamó al verlo—. ¡El capitán Orazio Lomellino!

Su evidente satisfacción sorprendió a su hermano Asdrúbal, que la acompañaba en su viaje, tras poner en marcha una serie de procesos para arreglar las cuentas testamentarias de Sofonisba, que le había dado ya todos los poderes documentales precisos.

—¿Lo conoces? —preguntó a su hermana con extrañeza.

—Mi pobre esposo Fabrizio lo conocía, y me lo presentó el día en que vine a despedirlo, en su desdichado viaje...

Orazio Lomellino sabía ya, sin duda por los trámites previos al viaje, que ellos iban a estar entre sus pasajeros, y demostró su interés en atenderlos, sobre todo a Sofonisba, no solo por el cuidado con que dirigió la carga de su ajuar, sino al mostrarle el camarote que le había reservado, que era el que se usaba para los viajeros muy relevantes, mucho mejor que el del propio capitán...

El contacto entre Orazio y Sofonisba, que había sido intenso el día de su conocimiento, incrementó su fuerza. Les esperaban hasta Génova por lo menos dos semanas, por las paradas que iban a hacer a lo largo del viaje, tanto para cargar y descargar como para pasar las noches, y el propio Asdrúbal manifestó su disgusto al constatar la frecuencia con que su hermana se encontraba con el marino.

—Sofo, es un donnadie... ¿Por qué le dedicas tanto tiempo?

—Es muy gentil, Asdrúbal... Además, ¿qué otra cosa voy a hacer? Con él puedo hablar de todo... Aquí, con tanto movimiento, no se puede pintar, sufro mucho del mareo, y tú te pasas el día jugando a las cartas con esos genoveses.

Ciertamente, Asdrúbal había encontrado unos compañeros muy propicios al naipe, y empleaba en ello muchas horas del día, de momento no con malos resultados, de manera que no dijo nada más.

Pero el reencuentro había sido extraordinariamente sugestivo para Orazio y para Sofonisba, que se pasaban horas hablando, intimando cada vez más, hasta el punto de que la tercera noche, fondeada la galera en el puerto de Nápoles, mientras la tripulación y los viajeros se iban a la ciudad —Asdrúbal con sus compañeros de juego—, Orazio y Sofonisba tuvieron su primera experiencia amorosa.

Había comenzado con un abrazo intenso y un profundo beso mientras contemplaban la luna sobre la mar, y luego Sofonisba llevó a Orazio a su camarote. Acostumbrada a la rapidez con que Fabrizio solía resolver esos trances, a Sofonisba le fue encendiendo cada vez más, de una manera totalmente inesperada, el modo como Orazio establecía su acercamiento, los besos y las caricias, más osadas según avanzaban sus delicados movimientos para desnudarla, hasta que Sofonisba sintió el cuerpo también desnudo de él junto al suyo.

—¡Qué hermosa eres, Sofonisba! —murmuró Orazio, sin cesar en sus caricias y en sus besos.

Lo cierto era que, aunque superados ya los cuarenta y cinco años, Sofonisba seguía teniendo un cuerpo esbelto, unos senos poderosos y una piel tersa...

Y cuando esperaba la radical penetración y las inmediatas palpitaciones que había conocido con Fabrizio, descubrió que aquello podía convertirse en una conjunción que llevaba sus excitados sentidos a un punto solo anunciado en las caricias con que ella misma se había ido gratificando desde la adolescencia.

Orazio no parecía tener ninguna prisa, y Sofonisba se dejó zambullir a fondo en esa delectación sexual de la que hablan las antiguas historias, en ese goce que es sin duda el placer más intenso que el cuerpo puede alcanzar.

Dos veces más repitió Orazio los amorosos ejercicios, hasta que las voces de la gente que volvía a la galera lo hicieron vestirse.

—Te amo, mi diosa —dijo, tras besarla por última vez y regresar a su propio camarote...

Sofonisba se quedó dormida enseguida, pero despertó muy temprano, acuciada por un pensamiento que sin duda había latido en el fondo de ella durante toda la noche. Se sentía impregnada de una misteriosa satisfacción y pensaba en Orazio con inusitada ternura. Eso era sin duda el amor, y por fin lo había conocido. Para ello habían tenido que pasar muchos años, hasta llegar a las melancólicas puertas de la penúltima edad, pero se sentía satisfecha, dichosa.

Al día siguiente, de nuevo navegando, se encontró en cubierta con Orazio y almorzaron juntos la austera comida que preparaban en el barco, y por la tarde se encontraron muchas veces de nuevo, y la mutua satisfacción era tan evidente que Asdrúbal, abandonando su habitual partida, quiso hablar con ella.

—Sofonisba, ¿hay algo entre tú y ese Orazio?

—¿Te importaría mucho, si así fuese? —respondió ella.

Asdrúbal habló, de repente enfurecido:

—¿Que si me importaría? ¡He sabido que ese hombre no tiene ascendencia legítima, ni categoría suficiente para enlazar contigo, y que además le sacas quince años! ¿Estás loca?

Sofonisba se sintió herida por la agresividad de su hermano.

—¡Más años te saco a ti! ¡Y desde antes de que tú nacieses he ayudado sin cesar a nuestra familia! ¿Puedes dejarme en paz y no meterte en mis asuntos?

—No pienso tolerar que te enredes con ese hombre —aseguró Asdrúbal, muy hosco, antes de retirarse—. No lo voy a tolerar, que lo sepas.

Sofonisba se quedó reflexionando, con la mirada perdida en el mar, que cada vez estaba más revuelto, hasta el punto de que habían reducido mucho la vela y casi avanzaban solo por el impulso de los remos. Bien agarrada a la barandilla, sintió un desorden diferente del mareo, y reflexionó sobre aquellas palabras de su hermano, comprendiendo que tenía que ordenar su vida de modo que nadie pudiese invadirla... Así, cuando se encontró de nuevo con Orazio, le pidió que se retirasen a su camarote para hablar.

—¿Hablar? ¡Habrá tiempo para todo! —repuso Orazio, con una sonrisa pícara.

—Hablar —aseguró Sofonisba.

Cuando estuvieron dentro del camarote Orazio intentó besarla, pero Sofonisba no se prestó a ello.

—Tranquilo, Orazio —le dijo.

—¿Sucede algo? —preguntó él, sorprendido.

—Siéntate y escucha. Mi hermano sospecha que hay algo entre nosotros dos, y dice que no está dispuesto a consentirlo...

Orazio se sentó en el banco.

—Entonces hablaré yo. Tu hermano no tiene nada que decir de lo nuestro, porque vamos a casarnos.

—¿Que vamos a casarnos? —repuso Sofonisba, desconcertada—. ¿De dónde has sacado eso?

—¿Es que no me vas a aceptar como esposo? ¿Es que no nos hemos enamorado? ¿Es que no gozamos juntos?

—Déjame pensarlo, querido Orazio... —respondió Sofonisba, aún turbada por la grata sorpresa—. Te saco muchos años, no voy a poder darte hijos...

—Te amé desde el momento en que te vi. ¿Qué me importan los hijos? ¡Ya tengo un hijo, sin matrimonio, y me basta y me sobra!

—¿Que tienes un hijo? ¿Y vive contigo?

—Aventuras de juventud, que ya te contaré... No, no vive conmigo... Lo veo de vez en cuando, lo ayudo, pero vive su vida. Lo que me interesa saber ya es si me aceptas o no por esposo.

—Déjame pensarlo, por favor... Mañana hablaremos...

—¿Es que no vas a permitir que te dé un beso?

—Mañana hablaremos —repitió Sofonisba, y abandonó el camarote para encerrarse en el suyo. El profundo desconcierto y el bamboleo del barco la mantenían muy mareada.

¿Por qué no casarse con Orazio? Era evidente que también estaba enamorada de él, y que el matrimonio era la única forma de normalizar sin problemas aquella comunicación que tanto la había satisfecho la noche napolitana. Lo del hijo no le preocupaba, porque creía a Orazio y estaba segura de que era un tema que no interfería directamente en su vida. Pero imaginaba que Asdrúbal haría lo posible por impedir el matrimonio, y que el supuesto bajo nivel social de Orazio sería un pretexto adecuado ante el resto de la familia y otras personas importantes, a las que su hermano sin duda recurriría...

Si iban a casarse, tenía que ser cuanto antes, y además sin informar a Asdrúbal...

Al día siguiente volvió a reunirse con Orazio en su camarote y, tras decirle que accedía gustosa al casamiento, y celebrarlo con un abrazo de Orazio que volvió a hacerle disfrutar de sus besos, sus caricias y aquella profunda culminación placentera, le contó sus seguros temores a la interferencia de Asdrúbal.

—He pensado algo que puede ser absurdo, no sé cómo lo verás tú. Deberíamos casarnos cuanto antes, en algún punto del trayecto, en el que ya nos quedaríamos para ordenar nuestro futuro, sin que nadie se enterase...

—Escucha, mi bella Sofonisba —repuso Orazio, tras besarle muchas veces las manos, que le había agarrado con fuerza—. Tengo una pariente monja en un convento de Pisa. Cuando lleguemos a Livorno nos vamos allí y nos casamos.

Sofonisba se quedó pensando un rato.

—Como estoy cada vez más mareada con este movimiento, le voy a decir a Asdrúbal que no puedo seguir soportándolo, y que me iré a Cremona por tierra desde Livorno. Pero necesitaré mi ajuar...

—Haré que te lo recojan discretamente...

—¿Y qué va a pasar con el barco?

—El maestre Paolo lo llevará sin problemas hasta Génova. No es la primera vez que un asunto ajeno al viaje me obliga a abandonar la galera, aunque nunca haya sido por causa tan dichosa...

Sofonisba habló con Asdrúbal para decirle que dejaría la galera en Livorno, porque no podía soportar lo mal que se encontraba con la navegación.

—¿Vas a irte sola?

—Cuando atraquemos en Livorno, el capitán Lomellino me llevará hasta Pisa y lo arreglará todo para que me conduzcan a Cremona...

Asdrúbal no respondió nada, y cuando llegaron a Livorno se despidió de su hermana con toda naturalidad. Sin embargo, más tarde Sofonisba sabría que su hermano había informado de su viaje al gran duque Francisco de Médici, señalándole que ella había mostrado su indudable propósito de unirse —seguro que de casarse— con aquel oscuro y humilde pariente de los Lomellino, de cuya estirpe era además descendiente ilegítimo, y pidiéndole que informase cuanto antes al rey Felipe, para que no lo tolerase.

Sofonisba era una persona muy resolutiva y, al poco tiempo de llegar al convento en que profesaba la pariente de Orazio, él y ella habían formalizado todo lo necesario para contraer matrimonio, como así hicieron, siendo su testigo Cornelia, el ama de casa desde hacía tantos años, que continuaba atendiéndola como fiel servidora, aunque la noticia de la boda con aquel hombre tan joven la había dejado estupefacta.

Sofonisba había conocido al gran duque Francisco de Médici en la corte madrileña, y cuando le escribió desde el convento de San Mateo, adonde la había conducido Orazio, para pedirle que su ajuar fuese exonerado de tributo, recibió una sorprendente misiva dándole a entender que conocía la situación en que se encontraba y pidiéndole, de modo muy firme, que no contrajese matrimonio con alguien que no era digno de ella.

Su decisión de celebrar aquellas nupcias tan rápidas había sido acertada, porque pudo responder al gran duque con una carta muy delicada e inteligente, que pasaría a la memoria de la época, en la que le decía que:

> ... como los matrimonios primero se hacen en el Cielo y después en la tierra, la carta de Vuestra Alteza Serenísima me llegó tarde, por lo que no puedo demostrarle mi afecta servidumbre...

Mas Sofonisba era tan apreciada por todos los que la habían conocido, que ni el gran duque Francisco de Médici, ni el rey Felipe II cuando se enteró del asunto la castigaron por aquella supuestamente inadecuada boda. Es más, el gran duque la exoneró de los tributos que correspondían a su ajuar, y el rey le concedió otra renta sobre las aduanas en concepto de dote por el nuevo matrimonio, a manera de indirecta felicitación...

Notas de confinamiento, 6

Hoy es 15 de mayo, viernes, fiesta de San Isidro Labrador, patrono de Madrid.

Si no estuviésemos en el ominoso confinamiento, seguramente no me interesaría demasiado saber quién fue tal personaje, cuyo nombre tantas veces he oído. Pero por la situación que estoy viviendo, y como los días son ahora tan largos, entro en Google y me entero de que se trata de un labrador mozárabe que vivió entre los siglos XI y XII... Por lo que leo, su mito se construyó en el Siglo de Oro.

Descubro también que Lope de Vega le dedicó un poema, lo busco y me aparece en el ordenador un precioso libro del Ayuntamiento de Madrid, encuadernación de 1899 de la edición del original, de 1599, perfectamente preparado para pasar las páginas «digitalmente», titulado *Isidro. Poema castellano de Lope de Vega Carpio, Secretario del Marqués de Sarria, en que se escribe la vida del bienaventurado Isidro, labrador de Madrid, y su patrón divino.*

Hay que reconocer que Lope de Vega era prolífico, pues el libro tiene 294 páginas, de las cuales más de doscientas corresponden a los Diez Cantos que Lope de Vega dedica al santo, en innumerables décimas...

La primera dice así:

> *Canto el varón celebrado*
> *sin arma, letras ni amor,*
> *que ha de ser un labrador*

de mano de Dios labrado
sujeto de mi labor.
Si voz y plectro me falta,
mi ronco instrumento esmalta
palestina virgen Pales,
de las cuerdas celestiales
de la Alemania más alta.

Y concluye los innumerables versos con lo siguiente:

Y yo, puesto que no envidio
(aunque es la fama la joya
en que el trabajo se apoya)
la fama que el grande Ovidio,
pide a los dioses de Troya,
ni a bronce y mármol apremio
del coro de Apolo el premio.
Que a Dios, de quien todo emana,
pide mi musa cristiana
a Isidro, que pida el premio.

Como se ve, los versos están impregnados de enigmas expresivos, pero está claro que se trata de un poema con mucho exceso verbal —abundante además en laudatorios prólogos y epílogos—, y me admira la cantidad de espinelas que fue capaz de dedicar Lope de Vega al santo patrono de Madrid relatando su vida y milagros...

A continuación, como es lógico, repaso las noticias sobre la maldita pandemia.

Ayer se cumplieron dos meses —no me atrevo a escribir «los primeros dos meses» del confinamiento—, y hoy en el mundo están diagnosticadas más de 4.300.000 personas en 185 países, con 297.000 muertos. Resulta que España es el cuarto país con más casos —tras Estados Unidos, Rusia y el Reino Unido—, pero si consideramos el número de habitantes en cada uno de tales países, nuestro lugar es sin duda lamentablemente relevante: anoche teníamos más de 229.000 diagnosticados, 27.321 fallecidos y 143.374 curados.

Al parecer, el director de la Organización Mundial de la Salud para Europa, Hans Kluge, ha situado a España, junto con Rusia y el Reino Unido, entre los diez países del mundo que han registrado la mayoría de los casos detectados en las últimas veinticuatro horas (ayer).

Hoy han muerto en nuestro país 217 personas —hemos superado otra vez la barrera de los doscientos— y Madrid, que acumula 8.779 fallecidos, resulta la comunidad autónoma con más afectados, habiendo registrado en las últimas veinticuatro horas un ligero repunte de contagios confirmados por PCR, con 88 nuevos infectados —13 más que anteayer—, aunque la cifra de fallecidos se ha reducido a la mitad, con 19 decesos frente a los 40 del pasado miércoles.

Lo positivo es que, según parece, el 99 por ciento de los infectados genera anticuerpos, aunque, por ahora, sigue habiendo escasas perspectivas para conseguir la vacuna.

En esta situación, y a pesar de todo el juego nacional de «desescaladas», no deja de sorprender la saña con que la oposición sigue atacando al gobierno. Pablo Casado, en una entrevista en la tele, ha asegurado: «Tenemos que salir de una excepcionalidad que está siendo utilizada por el gobierno para tener poderes absolutos». ¡Toma ya! Y ha insistido en que otra prórroga del estado de alarma no puede ser. Seguro que esto está directamente conectado con las caceroladas y manifestaciones en el elegante barrio de Salamanca, calle Núñez de Balboa, donde piden la dimisión de Sánchez... Aunque, si como pretenden, terminase el confinamiento y se abriese todo, del probable monumental repunte que podría producirse, el culpable sería Sánchez, naturalmente...

Ayer la lluvia nos impidió dar nuestro paseo matinal —habitual desde que el 11 de mayo entramos en la fase cero de la desescalada—, pero hoy el día está despejado —con alguna nube— y lo hacemos...

El paseo ha resultado largo —casi una hora y media— y hemos descendido hasta la avenida de Alfonso XIII, derivando por pequeñas calles de ciertas colonias: Santamarca, Prosperidad..., espacios tranquilos, solitarios, de edificios pequeños y cargados de arbolado, abundantes en parques diminutos que le dan al paseo un especial encanto. Hemos tenido ráfagas de viento suave, con alternancia de nubes y sol y muy pocos transeúntes, todos de nuestra edad más o menos, aunque al regresar a casa empiezan a salir los niños.

Como durante el paseo —consecuencia de la charla que he ido teniendo con Mari Carmen— he recordado un cuento de encierro que no sé dónde había metido, al regresar a casa lo busco en el ordenador y acabo encontrándolo...

El cuarto cerrado

Son las cuatro y media de la mañana y estoy atrapado en la trama de un cuento que no consigo resolver, un cuento que me encargaron para una antología colectiva titulada «El cuarto cerrado». El plazo de entrega acaba mañana y aquí estoy, un poco fastidiado ante la situación, mientras el ladrón profesional que he imaginado se encuentra atrapado en un lugar del que no puede salir, porque no se me ocurre la manera de sacarlo.

Es un hombre en el umbral de la tercera edad que ha aceptado realizar su último trabajo, por encargo de un coleccionista caprichoso: el robo de ciertas piezas de un museo, unas cartas, un relicario, un sello anular, una pistola, un pequeño retrato, el conjunto de los recuerdos de un famoso poeta romántico que se suicidó por amor.

Son las cuatro y media de la mañana y el ladrón, como yo, se arrepiente de haber aceptado el encargo. Para entrar sin ser detectado por el sistema de vigilancia que protege la puerta y las ventanas del edificio ha debido forzar el ventanuco de una buhardilla. La entrada le ha costado mucho esfuerzo y está jadeante y sudoroso, porque no se esperaba que fuese tan arduo trepar por varios tejados, tras el recorrido de las terrazas y algunas acrobacias a las que se ha visto obligado. La sangre le repiquetea todavía en las sienes.

Se hizo fácilmente con los objetos que eran la finalidad de su robo, pero luego ha encontrado la pequeña galería hermética donde se presentan las joyas de época, collares, pulseras, gargantillas, y no ha podido resistir la tentación. En sus discretas visitas al museo para preparar el golpe, el ladrón ha visto que la galería tiene una puerta de entrada y otra de salida que, una vez reunido el grupo de visitantes preciso, un celador permite abrir desde un pequeño mostrador, apretando un botón que desbloquea las cerraduras. El ladrón ha pulsado el botón y ha accedido a la galería, pero el chasquido de la puerta a sus espaldas lo sobresalta. La puerta de entrada ha quedado bloqueada otra vez, y la de salida tampoco se abre. La acción del celador debía de completarse con alguna otra maniobra que se le ha pasado inadvertida, y se encuentra encerrado en la galería de joyas, a las cuatro y media de la mañana, sin saber cómo salir.

Yo tampoco lo sé. El ladrón y yo comprendemos que hay que encontrar una solución antes de las ocho y media, la hora en que llega el personal de servicio del museo.

Ya que no puede salir, habrá que buscar la forma de ocultarlo. La galería es alargada. De un lado, la pared está cubierta por una vitrina continua. En la pared de enfrente hay otra vitrina similar, aunque esta tiene adosado en la parte inferior un mostrador de la misma longitud que sobresale lo que puede ser medio metro. El ladrón decide esconderse en el angosto espacio bajo el mostrador, tras descubrir unas portezuelas correderas. En el lugar, muy polvoriento, están las cajas que debieron de servir para el transporte de las joyas. El ladrón penetra con dificultad, se tumba en el suelo, sintiendo la estrechez del ámbito como un ataúd, y se dispone a esperar, muy sofocado.

A las ocho y media llegan los de la oficina, el portero, los celadores. En su primer recorrido, un celador descubre el robo, pero antes de avisar entra en la galería de joyas, manipulando correctamente el mecanismo de apertura. Comprueba que no falta nada, pero una tentación irresistible, en la conciencia de que el desconocido ladrón le otorga impunidad, le invita a sustraer tres valiosos collares que esconde en sus bolsillos. Después, el celador infiel deja abierta la puerta de la galería de joyas y avisa al gerente del museo, que llama a la policía.

Hay un espacio de tiempo en el que, si hubiese querido, el ladrón podría haber escapado, porque las salas han quedado vacías. Sin embargo, no lo hace, porque no lo sabe. Cuando llega la policía, y mientras uno de los agentes habla con el celador, el otro agente estudia el lugar del delito. Al encontrar abierta la puerta de la galería, se siente también tentado de apoderarse de alguno de los brillantes objetos, y echa mano con disimulo a un par de ajorcas, un broche y un collar. El ladrón sigue oculto, y decido acostarme.

Hablaré con los editores para alargar el plazo. Mas antes de caer dormido descubro que, tras pocos días, ante la proximidad del verano, se cerrará aquella ala del museo para llevar a cabo ciertas obras de rehabilitación arquitectónica. El cuerpo corrompido del ladrón aparecerá en diciembre, cuando vuelva a abrirse al público la galería. Yo soy el primero en comprender que el hombre escondido falleció de un infarto aquella misma noche.

Mari Carmen me dice que todos los cuentos que se me están ocurriendo ahora, o que recuerdo en el confinamiento, son bastante infaustos, pero no lo puedo remediar. Y mientras estamos charlando sobre ello, me llama Manolo Gutiérrez Aragón para preguntarme si ayer *teleasistí* al pleno académico... Claro que lo hice, pero como en la pantalla no entramos todos —hay que alargarla mediante un recurso dinámico— él no me vio...

El caso es que Manolo y yo seguimos hablando inevitablemente de la pandemia, y me cuenta una historia espantosa sobre las consecuencias psicóticas que puede tener esta situación: un hombre que él conoce personalmente, notable en ciertos aspectos de la cultura, después de intentar matar a su mujer, que está enferma en casa, se tiró por la ventana, aunque no se mató...

También hablamos de ciertos aspectos del pleno de ayer, que volveré a recordar enseguida, porque antes tuvimos una reunión de la comisión correspondiente.

Debo reconocer que en el espacio cibernético me agrada más la reunión de la comisión que la del pleno, pues como en ella cabemos todos en la pantalla, el encuentro resulta mucho más animado y participativo. En la reunión hemos repasado palabras relacionadas con el momento que estamos viviendo: *empleado* —que admite matices desde ciertas perspectivas, como la de los «autónomos»—; *escalabilidad* —a partir de los aspectos económicos y empresariales—; *recapitalización*... y *pérdida* —entendida como muerte—.

A continuación, tuvimos la telerreunión del pleno, donde supe que el número de consultas digitales al *Diccionario* ha batido el récord histórico en el último mes, superando los cien millones —un incremento del treinta por ciento desde el mes anterior—, lo que indica que estar encerrados permite a la gente buscar muy diversos entretenimientos, y que nuestro diccionario es uno de ellos, como lo era para mí —aunque en papel— hace muchos años...

A la hora de revisar palabras, y como estamos muy metidos en la candente actualidad, le dimos muchas vueltas a *cuarentena* y a *cuarentenear* —expresión utilizada en determinados países hispanoamericanos—, aunque lo que nos llevó más tiempo fue el debate sobre *confinamiento*... Resulta que *cuarentena*, *confinamiento* y *pandemia* han sido las palabras más buscadas en el *DLE* en los últimos meses...

Ayer, mientras llovía a cántaros, Mari Carmen decidió bajar al garaje para poner el motor del coche en marcha, no nos vaya a pasar como con el de nuestra hija María, que por no usarlo ha quedado con la batería descargada, como descubrió nuestro nieto Pablo, y yo he bajado con ella para echar una mirada al pequeño trastero que tenemos en esa planta, porque me había propuesto aprovechar estos días de confinamiento para trasladar allí los montones de libros que, al no tener ya espacio donde guardarlos, voy a intentar acomodar, y volví a descubrir que, antes de empezar a deshacer las barreras librescas de casa, tengo que vaciar el sótano de las maletas y cajas inútiles que hay allí amontonadas.

En un momento, subido a una escalera portátil de hierro, pesadísima, que un día llevé allí para tener en el piso una más ligera, mientras fisgoneaba en las estanterías metálicas que soportan paquetes y cajas con libros, revistas —no sé cuántos ejemplares de la revista *Triunfo*— y papeles, sentí con fastidio que acaso mi proyecto no va a resultar, y que el resto de lo que me quede de vida estaré obligado a convivir con esos muretes de moles librescas...

Mari Carmen asomó la cabeza por la puerta.

—¿Subes? —me preguntó.

—Sube tú, enseguida voy —le respondí, porque me agobiaba pensar en que tenía que bajar de aquella escalera ciclópea, y cerrarla, y acomodarla para que se ajustase bien a la estrechez del espacio...

—Pues yo voy subiendo. Hasta ahora —me dijo, y se fue.

Bajé pues de la escalera, la desmonté, la coloqué penosamente en el hueco que ocupa contra la pared y fui al ascensor, pero en lugar de apretar el botón de mi piso pulsé el de la planta baja, por si Mari Carmen no se había acordado de mirar el buzón, pues hace unos cuantos días que no lo revisamos.

En efecto, había varios sobres y los recogí, pero al disponerme a subir otra vez me encontré con que Teresa, la chica confinada en el tercero, estaba a punto de bajar las escaleras del portal. Iba enfundada en un impermeable y llevaba botas y un paraguas.

—¿Va a salir con este tiempo? —le pregunté.

—No aguanto en casa. Me voy a dar un paseo subacuático —me respondió, con su habitual humor...

—Admirable —dije...—. ¿Y qué tal seguimos con doña Sofonisba?

—Gracias a ella estoy soportando el maldito confinamiento. Nunca me pude imaginar que alguien me ayudaría desde un tiempo tan lejano...

No quise decirle que a mí me estaba pasando lo mismo.

—Y por fin qué, ¿tesis o novela?

Me miró con fijeza.

—Creo que sería menos complicado hacer una novela, pero yo jamás he practicado ese género...

Bajó unos escalones y se volvió, mientras comenzaba a manipular el paraguas.

—La novela posible sobre Sofonisba se la dejo a usted, no se preocupe tanto... Y, por cierto, como seguro que sabe usted mucho sobre ella ¿por qué no nos da una charla en la biblioteca cuando se tranquilicen las cosas?

Me pareció una ocasión excelente para enmendar el no haberla reconocido cuando nos encontramos, lo que me había desasosegado.

—No soy experto en pintura, pero el personaje es tan atractivo que lo haré con mucho gusto.

—Pues muchas gracias. No sabe cuánto se lo agradezco. Seguiremos en contacto.

—Muy bien, Teresa. Que tenga un buen paseo.

—Adiós. Espero que no me arrastre el temporal.

Me pregunto qué tal se estará llevando con el tal Fortu, su pareja. Uno de los días pasados, soleado, cuando me asomé al balcón para echar una mirada, los vi en el de su casa, y aunque no entendí lo que decían me pareció que estaban discutiendo y que mostraban gestos hostiles, sobre todo ella...

Al subir a casa vuelvo a repasar mi documentación sobre Sofonisba. Ya he anotado los sorprendentes matices de la expresión escrita. Por ejemplo, uno de los textos ejemplares en este asunto es la respuesta de Amílcar Anguissola a la solicitud del rey Felipe II de enviar a Sofonisba a la corte española, en el año 1559.

Bea Porqueres, de cuyo libro lo reproduzco, cita el documento que se encuentra en el Archivo General de Simancas:

Sacra Católica Real Majestad: El Duque de Sessa, y el Conde Brocardo Persico me han pedido de parte de Vuestra Majestad que le conceda a Sofonisba, mi primogénita, para el servicio de la Serenísima nuestra Reina, vuestra consorte, a cuya voluntad como suyo devotísimo y obediente vasallo y súbdito he obedecido encantado; aunque en mi ánimo haya sentido extremo duelo y dado a los míos disgusto grandísimo por ver tan lejos de ellos y de mí a esta mi tan querida hijita, por mí y por todos amada como a la propia vida, y siendo por sus virtudes y buenas costumbres queridísima; y, sin embargo, cuando puedo, pienso que la he dado al mayor y mejor Rey del mundo, católico y cristiano por encima de los otros, y me consuelo con pensar que su casa, de fama y obra es un Religioso Monasterio, y al Señor Dios doy gracias por haberme concedido esta ocasión para servirlo, sintiendo que, retenido por mi vejez y cargado con la obligación de tener que cuidar a mis restantes hijos, no pueda venir con mi hijita a rendir algún servicio con mi persona tal como cual buen súbdito siempre he deseado poder hacer, y para no molestar más termino, beso los Pies y sus Reales manos suplicando, junto con mi familia, al omnipotente Dios el feliz acrecentamiento de sus Reinos y Estados.

En Milán, el seis de septiembre de LIX.
De Vuestra Sacra, Católica y Real Majestad,
humildísimo y fiel vasallo Amílcar Anguissola.

No deja de ser admirable cómo Amílcar, en esta misiva tan respetuosa y afecta al rey, expresa con tanta viveza el desgarramiento personal y familiar que supone la separación de Sofonisba y su imposibilidad personal de acompañarla, al tener que seguir cuidando del resto de sus hijos... No se puede expresar más finamente el sentimiento de pérdida profunda de algo muy valioso, lo que sin duda influyó en la generosidad que siempre tuvo Felipe II con Sofonisba, ni puede haber una prueba más expresiva de cómo Amílcar sabía «vender» los productos familiares...

Terapia de Tere / F

A los pocos días, a causa de la muerte de su madre, tu prima Enriqueta pudo «repatriarse»: salir de Londres y volver a España.

Hacía años que habías perdido la intensa relación que tuviste con ella en la infancia y en la adolescencia, pero ahora te sentías obligada a festejarla, primero para mostrar tu condolencia por la muerte de la tía Pura, y segundo como mínimo agradecimiento por la estancia de Fortu y tuya en su domicilio.

Tal como estaban las cosas, entre invitarla a comer en un restaurante o comer en casa, preferiste lo segundo, así que compraste cosas apetitosas para la entrada y encargaste por teléfono un arroz negro, que sabías que a tu prima le encantaba. También adquiriste un buen vino, y helado para postre.

Tu prima todavía no había llegado. Era un vuelo complicado, no directo, propio de las circunstancias sanitarias. Te ofreciste a ir a buscarla al aeropuerto, pero te dijo que no te molestases, porque lo único que le parecía seguro es que llegaría a comer, teniendo en cuenta la hora de salida y los líos que estaba habiendo con los vuelos.

Mientras la esperabais, pensaste que deberíais dejar su casa y regresar a San Lorenzo. Sin embargo, cuando se lo planteaste a Fortu, repuso que quería hablar contigo del asunto, porque tenía una proposición que hacerte.

—Mira, Tere, yo creo que vivir en Madrid es mucho más cómodo que vivir en El Escorial, sinceramente. Ese chalecito siempre lo tendremos para fines de semana, vacaciones...

—Pero no podemos quedarnos aquí. Mi prima me ha dicho que piensa seguir siendo propietaria de este piso poco tiempo, porque ella está casi todo el año en su universidad inglesa, y el piso es demasiado grande y caro en cuanto a impuestos, gastos de comunidad y demás. Y parece que sus hermanos tienen la idea de venderlo y repartirse lo que sea. Creo que debemos irnos cuanto antes.

Fortu te miró complacido.

—Por eso he pensado que nos vayamos a un pisito alquilado. Anduve mirando por ahí y he encontrado uno muy majo en la calle de la Madera, muy céntrico, en un edificio antiguo pero sólido, al que le han puesto un ascensor en la parte de atrás, y además con derecho a aparcar en un garaje cercano.

Cuando oíste lo de la calle de la Madera tuviste que contenerte para no decir «lo sabía, lo sabía».

—Pues lo vemos cuando quieras.

Como estaba tan interesado en el asunto, te propuso visitarlo aquella misma tarde.

—Vale. Avisa que vamos a ir, siempre que no haya problemas con Enriqueta, claro.

—No tengo nada que avisar. Me han dejado las llaves...

Enriqueta llegó por fin a eso de las dos, con mucho equipaje. Tú habías desalojado ya el cuarto de los tíos y hecho la cama, y decidiste que el dormitorio para Fortu y para ti sería el de dos camas que habías utilizado sola durante tantos días.

La comida fue entretenida, le contaste a tu prima vuestro propósito de buscar nuevo alojamiento y dijo que podíais quedaros hasta que lo encontraseis, pero que ella tenía la intención de poner el piso a la venta en cuanto llegase a un acuerdo con sus hermanos para repartirse las cosas, con lo que confirmaste que teníais que iros cuanto antes.

—Mientras te acomodas, vamos a ver un pisito.

—Ya te digo que podéis quedaros hasta que resuelva todo eso, que llevará su tiempo.

—Gracias, Enriqueta, pero Fortu tiene mucho interés en que lo vea.

El sitio de la calle de la Madera no estaba mal, aunque el portero parecía un tipo huraño, pero el piso estaba distribuido de forma que parecía hecho a propósito para que Fortu montase su estudio: una gran estancia, un saloncito, un dormitorio con dos camas, una cocina y un cuarto de baño.

—Parece pensado para ti —dijiste.

—Por eso lo he escogido. Fíjate, el espacio mayor puede ser mi estudio, pero también puede hacer de sala de visitas y comedor, y en este saloncito puedes poner tu escritorio. No me digas que no es perfecto. Además, me han dicho que está recién arreglado.

—Huele a pintura, en efecto. ¿Y qué nos costaría el alquiler? —preguntaste, cada vez más asombrada de su cinismo.

—Pues no demasiado caro, según como están las cosas. Mil doscientos euros, seiscientos cada uno.

—¿Y eso lo incluiría todo?

—Bueno, en principio sí.

—¿Y los muebles?

—En casa de mis padres hay unos cuantos que sobran, por los sucesivos matrimonios de mis hermanos: camas, mesas, mesitas... De todo. Mi padre me ha asegurado que me los enviaría, y que me regalaría una vajilla y los cacharros necesarios. Y la cocina, como ves, tiene de todo, lavaplatos, lavadora, frigorífico...

No sabías qué decir, y tu desconcierto tenía mucho que ver con tu profundo disgusto. Aquello era más que un engaño, era una especie de estafa intolerable. Pero debías ganar tiempo para responder, que no podía ser de otra manera que mandándolo a la mierda en el momento más adecuado para ti.

—Déjame pensarlo. Me desasosiega mucho abandonar la casita de los abuelos. Lo he notado durante estos meses. Aquello me relaja, es como vivir en un bosque, y además tan cerca de Madrid.

—Pero no me digas que tener que coger todos los días el coche y viajar en total, ida y vuelta, dos horas y más de cien kilómetros, no es una auténtica paliza. Y si a mí las cosas me van bien con la exposición, yo aquí estoy mucho más accesible para mi mercado, digamos.

—Tranquilo, no tardaré mucho en darte una contestación.

Estabas tan asombrada por el asunto, tu desconcierto era tan grande, que aquella misma tarde, tras regresar a casa, mientras Fortu salía a correr, hablaste con tu prima Enriqueta y se lo contaste.

—No me lo puedo creer —te dijo—. ¿Pero qué clase de persona es?

—Egoísta, megalómano, poco cariñoso... Pero esto ya es el colmo.

—¿Y estás segura de que el piso es suyo?

—¿No te he contado que, cuando salió para una de sus carreras, dejó el móvil encendido sin darse cuenta, bien guardado, eso sí, y el tipo que había arreglado el piso me lo dijo? De todas formas, puedo preguntarle al portero.

—Conociendo al personaje, seguro que el portero está instruido para no decirte la verdad. Eso lo comprobaremos en el Registro de la Propiedad. Creo que se puede hacer hasta por internet.

Y resultó que, en efecto, el piso pertenecía a Fortunato Balbás Ramírez.

Pasaron varios días y Fortu no dejaba de insistir en lo del piso de la calle de la Madera. Mientras tanto, fuiste organizando tu compromiso laboral en la biblioteca, y poniendo orden en las cosas que tenías que llevarte a tu casa, y la mañana del viernes, en presencia de Enriqueta, le informaste a Fortu de tu decisión:

—He querido que Enriqueta esté presente para lo que te voy a decir. He comprobado que lo del alquiler del piso de la calle de la Madera es una solemne e intolerable falsedad. Ese piso es tuyo, y creo que no me lo dijiste por la miserable razón de sacarme seiscientos euros todos los meses...

Estuvo a punto de decir algo, pero no lo hizo.

—Con ello hemos llegado al límite de un comportamiento por tu parte en el que te has enfrentado con mis amigos y has hecho que yo me aparte de ellos, has sido ruin en compartir los gastos, y hasta te has permitido tratarme mal. Nuestra relación ha terminado.

Te miraba con sorpresa. Entonces habló Enriqueta:

—Por cierto, deberás abandonar esta casa con todas tus cosas y tus cuadros entre hoy y mañana. Así que ponte a ello... Menos mal que, al parecer, en ese piso tuyo tienes sitio de sobra para almacenarlos.

Continuaste hablando:

—En cuanto a los cuadros que tienes en mi casa de San Lorenzo de El Escorial, el sábado de la próxima semana espero que pases a recogerlos. Los tendré cuidadosamente apilados en el garaje. Si no los recoges, tú serás el único responsable de lo que les suceda.

Os miró con un gesto en el que se mezclaban la furia y el desconcierto, pero al fin, sin decir nada, se fue al salón y oísteis que hablaba por teléfono. Fueron varias conversaciones, y después volvió a donde estabais. Había recuperado su estilo seco y petulante.

—Esta misma tarde vendré a recoger los cuadros de este piso y me los llevaré. Y mañana sábado, por la tarde, a eso de las seis, los de El Escorial. Espero que esté todo en orden. Por cierto, un día me preguntó Tere que qué me parecían esos paisajes decimonónicos del chalecito de los abuelos y no le contesté. Ahora lo haré: basura, sencillamente. Basura rancia y cursi. Esta tarde a las cinco vendré con el transportista. Estad atentas al timbre. Ahí quedan las llaves que he usado. —Y las arrojó sobre la mesa.

—¿Cómo has podido aguantarlo? —te preguntó Enriqueta cuando Fortu hubo salido.

—Chica, nunca se sabe. Lo admiraba mucho como pintor, y eso me sedujo de un modo tremendo.

—El arte como atractivo irresistible —repuso, echándose a reír.

—No he tenido suerte con los chicos. El pobre Álvaro se me mata, y este fascinante artista resulta ser un sujeto siniestro...

—No hay por qué acertar a la primera. Y lo de Álvaro fue un caso de malísima suerte, qué le vas a hacer.

A las cinco llegaron Fortu y el tipo que lo iba a ayudar con el transporte de los cuadros. Ninguno estaba colgado, salvo el pequeño que había pintado como regalo para la tía Pura, y viste que se dirigía a él y lo descolgaba.

—Pero ¿qué haces? —dijiste—. ¡Ese cuadro se lo regalaste a mi tía Pura! ¡Era una forma de agradecerle que nos dejase estar en su casa!

Enriqueta os miraba sorprendida.

—Primero, nunca lo vio. Y segundo, ¿tienes alguna forma de demostrarlo? Tú dices que es un regalo que le hice a tu tía, y yo, que soy el autor, afirmo que eso es falso, que es una idea errónea tuya.

Enriqueta te cogió una mano.

—Deja que se lo lleve, Tere. Para mí sería un mal recuerdo tener eso ahí.

Cuando Fortu se hubo ido, decidiste marcharte tú también y empezar a poner orden en la casa.

—Me voy a San Lorenzo, ¿qué vas a hacer tú este fin de semana? —le preguntaste a tu prima—. Si aquí no tienes ningún compromiso, ¿por qué no te vienes conmigo a pasar unos días en la casa de los abuelos?

Te miró en silencio y comprendiste que al día siguiente, sábado, Fortu iba a estar allí.

—Perdóname, Enriqueta, no pensaba que ese tipo fuese a ir mañana. Pero de repente me acordé de lo bien que nos lo pasábamos allí de niñas.

—Yo tampoco pensaba en ese imbécil, te lo aseguro, Tere. Me preguntaba si tenía algo que hacer aquí, pero no tengo nada que hacer. Además, claro que me gustará volver a la casa de los abuelos contigo, y ser testigo mientras ese sujeto se lleva sus cosas...

—Así me ayudas a amontonar sus cuadros en el garaje.

Os fuisteis juntas. Era un día soleado y cálido. Como hacía mucho tiempo que Enriqueta no iba por allí, el reencuentro le resultó muy emotivo.

—¡Pero está todo lleno de maleza!

—Claro, casi tres meses sin venir y con lo que ha llovido... Encargaré enseguida que lo limpien.

—¿Sigue existiendo la tumba de Run Run?

—Naturalmente, debajo de la maleza.

—Nunca he conocido un gato tan listo y cariñoso. No parecía un gato. Qué disgusto nos llevamos cuando se murió, ¿te acuerdas?

—La abuela lo adoraba... Pero «los elegidos de los dioses mueren jóvenes», como dice el clásico.

Fuisteis a comer a ese restaurante cercano donde te conocen mucho, y seguisteis recordando aventuras y circunstancias de la niñez: hablasteis del telescopio del abuelo, que heredó su hermano Fernando, de los enormes prismáticos, que no sabíais adónde habían ido a parar...

—¿Y la casa de muñecas? —preguntó Enriqueta—. ¿Qué fue de la casa de muñecas?

Recordaste haberla visto en el desván, entre muchos otros trastos.

—Está en el desván.

—¡Pues quiero verla! ¿Te acuerdas de lo pesada que se ponía la abuela para que no la tocásemos? «¡Se mira y no se toca!», repetía. «¡Las manos a la espalda!».

—Los primos pequeños acabaron deshaciéndola... Luego subimos a ver lo que queda de ella.

Al regresar a casa, tras tomar un café frente al monasterio, subisteis al desván. Efectivamente, aquello era un almacén de muebles deteriorados, y entre ellos encontrasteis la casa de muñecas, no en tan mal estado como habías supuesto, pero llena de paquetitos de papel en los que se guardaban diminutas vajillas rotas, muebles desportillados, pequeños muñecos con los miembros sueltos.

Os mirasteis con pena.

—La niñez ya son solo cachos —dijo Enriqueta, con una mezcla de burla y tristeza.

—Además, eso ya no hay pegamento que lo arregle —añadiste tú.

Luego recordaste que Fortu vendría a por los cuadros, y se lo dijiste a tu prima:

—Vamos a llevar los cuadros al garaje, para que los recoja.

Mientras lo hacíais, Enriqueta te comentó que no le entusiasmaban.

—Tiene mano, sin duda, pero no sé qué decirte, me parecen demasiado fríos...

Fortu y el transportista llegaron a eso de las seis. Ni siquiera os saludasteis, y los condujiste al garaje, desde donde fueron trasladando los cuadros hasta la furgoneta.

—Espero que estén todos —dijo Fortu con su chulería característica.

En ese momento vio uno de los que te había regalado.

—Aquí hay un error —dijo—. Este cuadro te lo regalé en un cumpleaños... Y este otro —añadió al verlo—. Y este, cuando nos conocimos...

—No los quiero —afirmaste rotundamente.

—Si no te los llevas, los destruiremos —añadió Enriqueta, con el mismo aire de reina que adoptaba muchos años antes en ciertos juegos infantiles que simulaban enfrentamientos y batallas...

—Peor para ti —respondió Fortu, mirándote con rabia—. Cuando valgan una pasta, eso que te perderás.

—Vale más honra sin cuadros que cuadros sin honra —dijo Enriqueta, manteniendo el aire regio con humor insolente.

En aquel momento, que suponía el final definitivo de tu relación con Fortu, y por ello había suscitado en ti cierta melancolía que te había desvelado la noche anterior, estuviste a punto de lanzar una carcajada.

—Otra cosa —añadió Fortu, con un gesto muy agresivo—. Faltan cuadros...

—¿Que faltan cuadros? —dijiste tú, muy sorprendida—. ¿Qué cuadros faltan?

—La panorámica de la sierra de Guadarrama. Diez cuadros de un metro de alto por sesenta centímetros de ancho.

—Eso es absolutamente falso. Esos cuadros nunca han estado en esta casa. No sé de qué me hablas...

—Te haré la debida reclamación judicial. Esto no acaba así —añadió.

Comprendiste que había tenido una ocurrencia propia de su proterva personalidad, para molestarte lo más posible, y te sentiste furiosa, pero conseguiste mantener la calma.

—Lárgate de una vez, Fortu. No quiero verte más en mi vida. Y haré que retiren los cuadros de la biblioteca, para no tener nada tuyo a la vista...

Esa tarde, tras la marcha de la furgoneta con los cuadros y los trastos que habían inundado el chalet,

Enriqueta y tú continuasteis recordando historias de la niñez, para olvidar lo antes posible aquella maligna despedida.

—Ahora salgo con un chico galés que vendrá a Madrid el mes próximo, y me gustaría traerlo a San Lorenzo.

—Esta casa, como si fuese tuya, Enriqueta. Tenéis habitación reservada. ¿Cómo se llama?

—Cadin... Juega muy bien al fútbol.

Salisteis a tomar una caña y a picar algo, porque el anochecer estaba delicioso, y seguisteis enredadas en recuerdos de los años pasados y de vuestra fuerte relación infantil y adolescente. Tú recordaste al primer chico que consideraste novio, otro fervoroso aficionado a jugar al fútbol... También rememorasteis las estancias veraniegas en Brighton, para aprender inglés, y los primeros ligues serios, y por fin las cosas tristes, la reciente muerte de la tía Pura por culpa del siniestro coronavirus, y la del tío Raimundo por un cáncer de próstata, y las de los abuelos...

—Bueno, no nos pongamos tristes —dijo al cabo Enriqueta—. Las penas forman parte de la vida, hay que asumirlo.

Cuando regresasteis a casa, pensabas que la ruptura con Fortu suponía el cierre de otro episodio de tu vida, pero que la muerte de la pobre tía Pura había sido la causa de la recuperación de tu relación entrañable con la prima Enriqueta.

Todo es imprevisible, y en ello está la gracia, la desdicha y el misterio de vivir.

Vida de Sofonisba, VII
Tiempo de recuerdos

Retrato de la señora Sofonisba pintora, hecho del natural en Palermo el 12 de julio del año 1624. La edad de ella es de noventa y seis años, pero la memoria y el cerebro los tiene muy despiertos, es amabilísima, y aunque a causa de la vejez le falta vista, le gusta ponerse delante de los cuadros y distingue algo acercando la nariz a la pintura, lo que la satisface mucho. Mientras hacía su retrato me dio diversos consejos: para empezar, que la luz no llegase de muy arriba, porque las sombras remarcarían las arrugas de su vejez, pero también muchas otras buenas advertencias, y además me contó parte de su vida, por la que se la conoce como pintora del natural y de imágenes religiosas, y que lo que más la entristece es que por la falta de vista ya no puede pintar, aunque sigue teniendo la mano firme y sin ningún temblor...

En su cuaderno, Anton Van Dyck escribió estas notas sobre el primer dibujo que hizo de Sofonisba Anguissola cuando la conoció en Palermo, y que sirvió como boceto para un cuadro que más tarde realizó, y que cuatro siglos después acabaría en Kent, Reino Unido, en la colección Sackville...

Esto no podía imaginárselo Sofonisba —que tenía al parecer noventa años y no noventa y seis, como escribía el joven pintor— cuando se encontró con aquel discípulo de Peter Paul Rubens, que en un viaje a Palermo para hacer el retrato del virrey Manuel Filiberto de Saboya —hijo de la infanta Catalina Micaela—, se enteró de que allí residía la pintora que su maestro había conocido en la corte española, y que tanto admiraba, y procuró reunirse con ella.

Se vieron muchas veces a lo largo del año en que el pintor residió en la ciudad, porque el talante acogedor de Sofonisba la hizo invitarlo a su casa a comer desde la primera cita, cuando realizó aquel magistral dibujito, y luego con motivo de la pintura de su retrato, y en muchas otras ocasiones de conversación...

El encuentro con el joven flamenco Anton Van Dyck despertó en Sofonisba un imprevisto renacer de muchos recuerdos aletargados. Además, la visita del pintor coincidió con un funesto suceso, la terrible peste que acabaría aniquilando a la cuarta parte de los habitantes de la ciudad, entre otros al propio virrey que había motivado su viaje a Sicilia.

La alegría y la pesadumbre se entrelazaban, pues la peste había sido un elemento ominoso que había aparecido muchas veces a lo largo de su vida, aunque ella siempre había salido indemne de las sucesivas epidemias.

En el caso de aquella infección mortífera, se decía que santa Rosalía se le había aparecido a un caminante para informarle de que en determinada cueva del monte Pellegrino, donde la santa había vivido como ermitaña, se encontraban sus restos, y que podían ayudarlos contra la enfermedad. Los restos fueron buscados y hallados por aquel hombre, y el solemne acarreo de los huesos de la santa en procesión logró detener la epidemia. El milagro dio ocasión a Van Dyck a pintar una serie de cuadros, entre ellos uno de la santa que adquiriría el rey Felipe IV y que se conserva en el Museo del Prado.

Para empezar, Sofonisba recordó sus primeros tiempos de matrimonio con Orazio, la extraña época de Pisa, aquella boda consumada a la mayor rapidez para prevenir todo lo que se les podía venir encima —el súbito, fulminante amor le había aconsejado no notificárselo ni a su propia familia ni al rey Felipe II...— y los interminables trámites llevados a cabo en el intento de recuperar sus rentas sicilianas y establecer la dote que quería darle a Orazio como consecuencia de su matrimonio.

Aunque con lentitud penosa, los problemas se iban resolviendo, y al fin se habían instalado en Génova, donde vivirían treinta y cinco años, sin duda muy satisfactorios para la pareja.

Génova era una ciudad cada vez más viva y esplendorosa en todos los sentidos, y lo cierto es que Sofonisba y Orazio se fueron adaptando a ella tras continuos cambios de domicilio y en espera de remontar las adversidades económicas.

Al año siguiente de que ellos se estableciesen en Génova, pasó por la ciudad, camino de España, la emperatriz María de Austria, hermana de Felipe II, que recibió con gusto la visita de Sofonisba. Hablaron de pintura, pero también de las dos infantas, Isabel Clara Eugenia y Catalina Micaela, con las que Sofonisba había tenido tanto trato, y de las que conservaba un cuaderno con preciosos e ingenuos dibujitos.

Con motivo del encuentro, Sofonisba le regaló a la emperatriz una *madonna* que al parecer le encantó, porque ciertos favores que le había pedido para que se los hiciese el rey Felipe fueron enseguida concedidos, y el encuentro resultó decisivo para comenzar a solucionar sus dificultades financieras.

Al parecer, Felipe II la seguía recordando con mucho afecto, y el buen trato que públicamente le había dado la emperatriz apoyó la importancia de Sofonisba dentro de la sociedad genovesa, a pesar del poco lustre nobiliario del gentilhombre Orazio Lomellino.

En cualquier caso, invulnerable a críticas y menosprecios, Orazio, que nunca dejó de sentir hacia Sofonisba aquel fervor de los días en que se enamoraron, continuó capitaneando la Patrona hasta que, años después, un desdichado incidente con los piratas lo obligase a abandonar la navegación y dedicarse a otros trabajos comerciales, tanto privados como de representación pública, también por mar...

Como Sofonisba era una artista cada vez más reconocida y respetada, y una persona con afectuosa capacidad de comunicación, fue estableciendo amistades con los pintores destacados del momento —Luca Cambiaso, Bernardo Castello...— y en su propia obra compatibilizaba el retrato del natural con la pintura religiosa, en la que predominaban imágenes de la Virgen con el niño Jesús.

Y descubrió de manera clara cómo de bien le había venido a su buen padre el talento pictórico de la hija, pues, aunque como mujer y no profesional de la pintura no podía vender sus cuadros, estos eran tan ansiados que se convertían en una valiosísima moneda de cambio en el terreno de los favores y las influencias.

A Sofonisba también le gustaba escribir, y fue ella la promotora de una especie de academia, similar a las muchas que entonces existían en todas las ciudades importantes, sobre todo en materia literaria, cuyos miembros se reunían en su casa, donde tenía su taller, para hablar de literatura, de pintura, de música... Sin duda Sofonisba se convirtió en una personalidad cultural importante en Génova, citada por todos los estudiosos y cronistas del momento, lo que, sin embargo, no le hizo perder nada de su naturalidad y bonhomía.

A lo largo de aquellos tiempos vivió dos experiencias para ella muy felices: la primera fue el volver a relacionarse con las dos infantas con las que de niñas tanto había jugado y dibujado, Catalina Micaela primero, e Isabel Clara Eugenia más adelante.

Fue en Savona donde vivió su reencuentro con la infanta Catalina Micaela, que iba camino de Turín tras haberse casado en Zaragoza con Carlos Manuel I, duque de Saboya, aliado con España tras muchos años de enfrentamiento.

Muestra de la consideración que se le tenía a Sofonisba en Génova fue que encargasen a Orazio Lomellino llevar a Savona a las autoridades para saludar y rendir honores a los duques. Sofonisba acompañó al cortejo oficial en la Patrona, y al llegar, pese a lo riguroso del protocolo, la infanta encontró momentos para charlar con ella muy cariñosamente.

—¡Mi querida Sofonisba! ¡No imagináis el placer que me da encontraros después de tantos años! ¡Conservo como uno de mis mejores tesoros el retrato que me hicisteis con el monito Tití!

—Yo también me siento feliz de veros, mi señora. Y además, recién casada...

El afecto que las unía era evidente, y entre el riguroso ceremonial pudieron sin embargo contarse algunas intimidades. Por otra parte, Sofonisba tenía mucho interés en pintar un retrato de Catalina Micaela, porque quería enviárselo al rey Felipe como agradecimiento por las últimas ayudas económicas que había recibido de él.

Aunque Turín no estaba lejos, los recién casados descansarían unas jornadas en Savona, después del lar-

go viaje desde Zaragoza, y la infanta concertó varias
citas con la pintora, de manera que pudiese tomar los
apuntes necesarios para el cuadro, que mostraría a la
infanta con un collar de perlas que ya había adornado un
retrato de su madre, un sombrerito peculiar y un hermoso vestido en dos tonos de negro con pliegues dorados, la mano derecha apoyada en una mesita, la izquierda sujetando un bastón y un rostro en que se mezclan
la seriedad y la dulzura. Además, Sofonisba hizo una
copia del retrato, para que tuviesen el cuadro tanto Catalina Micaela como su padre el rey...

Y recuerda que, a lo largo de los años, mantuvieron bastantes encuentros en Turín, y que ella pintó
otro retrato de Catalina Micaela, esta vez no vestida de
negro sino cubierta con blanca piel de lobo cerval, y
llegó a pintar a algunos de los hijos que fue teniendo la
infanta, como el de Margarita de Saboya acompañada
de un enano...

Hasta diez hijos llegó a alumbrar la hija menor del rey Felipe, aunque el último fue ocasión de un parto funesto que acabó con la vida de la madre y de la criatura, lo que hizo recordar a Sofonisba, con lágrimas de amargura, la muerte de su querida reina Isabel...

Y vuelve también a su memoria el reencuentro con Isabel Clara Eugenia. Tras el dolor por la muerte de Catalina Micaela llegaría el dolor por la muerte del propio rey Felipe II, pero la infanta Isabel Clara Eugenia, que había acompañado a su padre durante todos aquellos años, contrajo después matrimonio con su primo hermano el archiduque Alberto de Habsburgo, y su dote eran los Países Bajos y el ducado de Borgoña, lo que suponía unificar la autoridad de todos aquellos territorios fuera de la corona española, sin que se perdiese el íntimo contacto entre los dos reinos.

En su viaje hacia Bruselas, la gigantesca comitiva, compuesta por cuarenta galeras, atracó en Génova, donde permaneció más de una semana, y la infanta recibió a Sofonisba con tanto afecto, que no dejó de invitarla a estar con ella ni una sola jornada, tiempo en el que mantuvieron largas conversaciones apretadas de recuerdos.

—Sé muy bien que no habéis dejado de pintar, mi querida Sofonisba. ¿Sabéis que yo conservo todos los dibujos que me enseñasteis a hacer, y un precioso retrato que me pintasteis?

—¿Y no habéis continuado dibujando? ¡No se os daba nada mal!

—La vida de la corte no regala tiempo para eso, como sabéis. Vos estabais allí como pintora e instructora admirable en ese arte.

Sofonisba miraba con mucho afecto a la infanta, ya reina.

—¿Podría haceros otro retrato? ¡Han pasado muchos años desde aquellos que os hice a vos y a vuestra hermana, vos con la mano al pecho y ella con el monito entre sus brazos!

—Esos retratos de los que habláis fueron muy queridos por nuestro buen padre el rey, que está con Dios. Yo he heredado el mío y lo tengo en mucho aprecio... Y también nos hicisteis otro a las dos juntas, cuando éramos mucho más niñas, con un pájaro verde americano y vuestro perrito, que permanece en El Escorial.

—¡Ese no lo recordaba, mi señora! ¡Os hice tantos...!

La infanta-reina miró a Sofonisba con arrobo.

—¡Pero un retrato nuevo, de vuestra mano, sería el mejor de los regalos en esta boda mía!

Y a lo largo de los días en que la nueva reina de los Países Bajos estuvo en Génova, alojada en el palacio de los Doria, Sofonisba fue realizando un meticuloso boceto del cuadro: de cuerpo entero, con un vestido negro, apoyando la mano derecha en el respaldo de un sillón y sosteniendo un pañuelo en la otra. Cuando doña Isabel Clara Eugenia marchó con rumbo a Bruselas, Sofonisba había pintado ya prácticamente su rostro, en que los ojos mantenían la serena mirada, los labios, la tierna firmeza que la había caracterizado desde niña, y la rigurosa nariz era enfocada de modo que no resaltase demasiado...

Cuando terminó el retrato y se lo envió, la flamante reina quedó tan satisfecha de su imagen que, en señal de agradecimiento, le remitió a Sofonisba una notable cantidad de paños bellísimos y muy hermosas joyas y otros ornamentos...

Luego pasaría el tiempo, y Sofonisba sabría que doña Isabel Clara Eugenia tendría tres hijos que morirían en la infancia... La más dulce de las memorias puede tener una sombra desdichada.

Aquel retrato fue una de sus últimas pinturas, porque la vista se le estaba oscureciendo cada vez más. Ahora rememora el momento en que se lo contó a Anton Van Dyck, a petición suya.

—Me vais a perdonar la impertinencia, mi admirada señora Sofonisba, pero ¿podéis explicarme cómo se pierde la vista? Muchos me lo han dicho, pero nunca nadie tan experto en nuestro arte como vos.

Sofonisba volvió el rostro hacia Anton, y sus ojos parecían expresar una mirada receptiva.

—No tengo nada que perdonaros, mi buen Anton. Comprendo que un pintor quiera conocer mi triste experiencia, la peor posible que puede tener quien se dedica a ese arte. Comenzó con ciertos halos brumosos que yo veía alrededor de los rostros y de las figuras... Luego fue creciendo la niebla y los colores se fueron diluyendo. Me pusieron unos anteojos, que me ayudaron, pero eso no duró mucho tiempo.

—Tuvo que ser muy doloroso —dijo el joven flamenco, turbado por haber suscitado aquella evidente pena.

—Os aseguro que no puede haber cosa peor ni más triste para quienes pintamos que perder la vista.

La mirada de Sofonisba captaba la cabeza de su interlocutor, abundante en pelo rubio, como una borrosa y desvaída excrecencia en un contorno igualmente ininteligible y oscuro.

—No sabéis con cuánto afecto comparto vuestra aflicción, mi querida señora.

—Además, Dios Nuestro Señor ha decidido olvidarse de enviarme al más allá, y os podéis suponer lo que es sentir el paso del tiempo desde esta oscuridad vacía de colores y significados...

Anton Van Dyck se sentía cada vez más conmovido.

—Pero lo curioso es que me imagino la realidad visible como un conjunto de cuadros, pintados por mí o por otros pintores... Mi familia, el buen rey don Felipe, su hijo el infeliz Carlos, su hermano don Juan, la desdichada reina Isabel, las niñas deliciosas Isabel Clara Eugenia y Catalina Micaela..., todos permanecen en mi memoria, como si los estuviese viendo, a través de los retratos que yo les hice; o los señores Alonso Sánchez Coello y Juan Pantoja de la Cruz... Tengo dentro de mí todos los cuadros que he visto o pintado. Cuando Orazio me habla, sobre su sombra borrosa veo claramente en mi imaginación sus retratos hechos de mi mano. Eso no deja de consolarme.

—La pintura no solo interpreta la realidad, sino que la fija —respondió el joven pintor, sintiéndose mejor al comprobar la extraordinaria disposición de aquella mujer.

Los años de Génova fueron muy abundantes en actividades relacionadas con la pintura, pero también con la música y la literatura. Sofonisba pintó muchos retratos de gente importante —a veces se sentía agobiada por la insistencia de algunos, porque todos querían ser retratados por ella—, pero también de niños y niñas, con animalitos o juguetes. No dejó de trabajar en temas religiosos, y admitió generosamente en su taller, como aprendices, a algunos jóvenes que mostraban talento artístico, como Pietro Francesco Piola.

Los viajes comerciales de Orazio, casi todos a Palermo, le dejaban a Sofonisba mucho tiempo libre para asistir a representaciones, conciertos y tertulias, y mantenía las reuniones periódicas de su «academia». También profundizó en su gusto por la escritura, consiguiendo ser reconocida por los expertos hasta el punto de que, cuando todavía vivía, en el *Teatro delle donne letterate*, el prelado Francesco Agostino della Chiesa declaró que su escritura era «muy estimada...».

Pero su progresiva pérdida de visión y el peso de la edad fueron obligándola a restringir cada vez más su presencia pública...

Un día, cuando Sofonisba había cumplido ya los ochenta años, Orazio habló con ella de un tema candente.

—Mi querida Sofonisba, tengo que contarte que el gobierno de la república, vistas las numerosas y buenas relaciones que tengo con Palermo, me ha ofrecido ser allí su representante oficial...

—¡Enhorabuena, Orazio! ¿Y qué piensas hacer?

—Escucha, mi querida Sofonisba: si lo acepto, tendríamos que irnos a vivir allí. No podría seguir yendo y viniendo...

Sofonisba había guardado silencio, mientras sus ojos contemplaban la borrosa figura de su marido. Sus recuerdos sicilianos eran menos gratos que felices, por los problemas familiares, pero también los tiempos genoveses, en que había ido conociendo los dolorosos secretos de la edad, estaban marcados por complicadas deudas de préstamos y enfrentamientos con su hermano Asdrúbal por asuntos económicos. Acaso era el momento de cambiar el escenario de su vida.

—Pues creo que nos vamos a Palermo, mi querido Orazio... En efecto, tus viajes hacen que me quede demasiado tiempo sola. Y si no puedo pintar, prefiero estar contigo.

De manera que se trasladaron a Palermo, con la conformidad del ama y del criado, y allí compró Orazio esa casa agradable en la que Sofonisba está hablando con Anton Van Dyck...

Durante los diez años en Palermo que todavía viviría, Sofonisba no dejó de relacionarse con las gentes de la cultura y de asesorar a jóvenes pintores.

Falleció al año siguiente de la visita de Anton Van Dyck, y fue enterrada en la iglesia de San Jorge de los Genoveses.

Unos años más tarde, su esposo, que no la podía olvidar, hizo colocar allí un epitafio en latín, que viene a decir:

Afectado por extremo dolor,
a mi esposa
SOFONISBA ANGUISSOLA,
que será recordada entre las mujeres ilustres del mundo,
por su hermosura y sus extraordinarias dotes,
tan insigne en el retrato humano
que nadie la igualó en su tiempo,
este homenaje
que sería grande para cualquier mortal
pero que para ella resulta insignificante.

ORAZIO LOMELLINO

Notas de confinamiento, 7

El día 23 de mayo, sábado, ha comenzado con sol y parece que va a ser tan veraniego como los pasados: se anuncia una temperatura máxima de 32 grados. Ayer por la tarde, que tuve que recoger en una clínica el volante para la dichosa prueba PCR, fuimos vestidos de verano y en manga corta a la avenida de San Luis, flanqueada por enormes pinos...

Resulta que en poco tiempo se me han concentrado varios incidentes médicos: la hernia inguinal que tienen que intervenirme el próximo miércoles 27 y las cataratas, que como consecuencia de una llamada recordatoria del doctor Armadá-Maresca, me tengo que operar los días 25 de junio, ojo derecho, y 9 de julio, ojo izquierdo... Además, me está empezando a molestar una muela, la última del maxilar derecho de arriba. Tendré que llamar a mi dentista y amiga, María Jesús Suárez.

En fin, que voy a terminar de *modo clínico* esta alucinante temporada del funesto coronavirus... Mas, en lo que toca a la operación de la hernia, no le he preguntado al médico qué tipo de anestesia me va a poner. En la primera revisión del colon que me hicieron, en el año 2008, me aplicaron una «sedación total» que me regaló una de las experiencias más gratas de mi vida: el apagón completo, el absoluto olvido... Nada que ver con el sueño, para mí siempre en general confuso y desasosegante. Salir de aquella anestesia, que nunca he vuelto a disfrutar en mis sucesivas aventuras quirúrgicas, fue el único despertar verdadero que recuerdo. Lo que me ha hecho pensar que, si la muerte es como una de esas sedaciones, no tenemos por qué temerla tanto...

El panorama de la pandemia, según los periódicos vistos en internet, presenta en España la cifra de casi 235.000 diagnosticados, 28.628 muertos —56 en las últimas veinticuatro horas— y 159.376 curados. Los muertos en Madrid han sido 13, y según las noticias el lunes 25 pasaremos a la fase uno, lo cual ha suscitado en casa una gran satisfacción, porque el martes podremos acercarnos a Pozuelo a ver a Ana —aunque sea a la puerta de su casa y con las mascarillas puestas—, y luego seguir hasta nuestra casita en Jarabeltrán, para ver cómo están los gatos okupas —aunque un amable vecino, por iniciativa de nuestra hija María, les ha facilitado comida— y las carpas que mantengo desde hace años en una diminuta charquita, donde se han reproducido... Espero que no se haya secado del todo gracias a las lluvias recurrentes...

Los paseos matinales de estos días nos han permitido conocer nuevos espacios cercanos a nuestra calle: los distintos barrios y las innumerables colonias que componen el distrito de Chamartín —El Viso, Cruz del Rayo, Prosperidad, Ciudad Jardín, Hispanoamérica, Nueva España, Santamarca...—, y la verdad es que me han sorprendido. Mari Carmen, como es más andariega que yo, lo conocía ya casi todo.

Hemos paseado tranquilamente por innumerables callecitas flanqueadas de frondosos y vetustos árboles, conectadas mediante pequeñas plazas también abundantes en vegetación, entre construcciones de uno o dos pisos rodeadas de plantas... Lo cierto es que todo este distrito muestra un Madrid muy a la medida del ser humano, con cierto aire de jardín continuo y propicio a los paseos agradables.

Hoy hemos subido hasta la plaza del Perú, luego hemos bajado por Alfonso XIII, hemos entrado por la calle de Las Encinas —colonia Albéniz—, hemos recorrido Maestro Lasalle... y hemos hecho otra travesía tranquila y abundante en olores vegetales, hasta Platerías y el paseo de la Habana, para pasar ante el palacio de los Duques de Pastrana, que al parecer data de 1834 y fue edificado por el francés Louis Guilhou.

No he conseguido aclarar si fue en este lugar —desde luego, no en el mismo edificio, por la fecha...— donde residió Napoleón cuando estuvo en Madrid-Chamartín. Don Ramón Menéndez Pidal así lo afirmó, y gracias a eso consiguió que el palacio entrase en la categoría de los edificios protegidos oficialmente. Hoy pertenece a la ONCE. Es sorprendente que Menéndez Pidal —sin nombre de pila, decapitación usual en el callejero madrileño cuando se trata de gente relacionada con las letras— haya merecido una calle muy larga que lo recuerda, porque en ella se conservan su casón y su encinar, que son de la Fundación Areces.

Las tapias del recinto mantienen en su puerta de acceso los azulejos de la antigua dirección, Cuesta del Zarzal, 23, y por encima de ellas muestra la casona su poderosa presencia... Luego la calle sigue hasta concluir en la de Alberto Alcocer, y en el edificio limítrofe hay una placa recordando que allí residió Dámaso Alonso, pues por lo visto fue don José Castillejo, profesor de la Institución Libre de Enseñanza y secretario de la Junta de Ampliación de Estudios, quien convenció a unos cuantos amigos, entre ellos Ramón Menéndez Pidal y Dámaso Alonso, para que comprasen allí unos terrenos... Me llama la atención que muy cerca, en Alberto Alcocer, residiese la poeta Gloria Fuertes, como señala otra placa junto a la puerta del edificio.

En nuestros paseos hemos descubierto, en una de las zonas de pequeñas casitas y vegetación frondosa también cercanas a nuestra casa, y con calles de nombres de plantas —Celindas, Alhelíes, Cerezos, Narcisos...—, la calle Pardo Bazán —también sin nombre de pila— que, al menos, tiene un recorrido de 625 pasos. Porque la calle Pérez Galdós, que está en el centro de Madrid, entre la de Hortaleza y la de Fuencarral, puede ser la calle más corta de la ciudad: 135 pasos. Yo creo que don Benito merecía una calle más larga, la verdad, sobre todo considerando lo que Madrid supuso como escenario físico y dramático para su inmortal obra.

Otra cosa que hemos podido constatar es la tradición poco limpia de la «villa y corte», porque, al margen del lógico abandono del arbolado y de las zonas verdes —donde, sin embargo, ya empieza a apreciarse el trabajo del personal jardinero—, encontramos continuamente, tirados por el suelo, guantes de goma y mascarillas, por lo menos.

Mientras regresamos a casa, hemos visto muchos coches con banderas nacionales y alborotando con bocinazos. Luego nos enteraremos de que hay una manifestación convocada por Vox pidiendo la dimisión de Pedro Sánchez, supuesto socialdemócrata.

Piove, porco governo!

El miércoles 20 celebramos el *telefilandón* que habíamos acordado con el llamado Ámbito Cultural de El Corte Inglés.

Mi reciente experiencia en este tipo de actividades telemáticas me las sigue mostrando muy rudimentarias de visión, pese a lo modernísimo de la técnica, por lo pequeño y diverso de las imágenes y hasta por las diferencias en los sonidos. Nuestro filandón, como de costumbre desde sus inicios, salió sin embargo bien, mantuvimos el estilo de los presenciales y leímos los cuentos de siempre y algunos nuevos. Por ejemplo, yo leí uno que siempre leo, que dice así:

Ecosistema

El día de mi cumpleaños, mi sobrina me regaló un bonsái y un libro de instrucciones para cuidarlo. Coloqué el bonsái en la galería, con los demás tiestos, y conseguí que floreciese. En otoño habían surgido de entre la tierra unos diminutos insectos blancos, pero no parecía que perjudicasen al bonsái. En primavera, una mañana, a la hora de regar, vislumbré algo que revoloteaba entre las hojitas. Con paciencia y una lupa, acabé descubriendo que se trataba de un pájaro minúsculo. En poco tiempo el bonsái se llenó de pájaros, que se alimentaban de los insectos. A finales del verano, escondida entre las raíces del bonsái, encontré a una mujercita desnuda. Espiándola con sigilo, supe que comía los huevos de los nidos. Ahora vivo con ella, y hemos ideado el modo de cazar a los pájaros. Al parecer, nadie en casa sabe dónde estoy. Mi sobrina, muy triste por mi ausencia, cuida mis plantas como un homenaje al desaparecido. En uno de los otros tiestos, a lo lejos, hoy me ha parecido ver la figura de un mamut.

Sin embargo, estos días de confinamiento, mientras preparaba el *telefilandón*, se me ocurrió una segunda parte, que leí a continuación con otro título:

El reencuentro

No sé cuánto tiempo hemos vivido juntos en ese bonsái, pero ayer por la mañana, al despertarme, ella no estaba. Imaginé que acaso se había entretenido en alguno de los otros bonsáis, recolectando frutas, o mientras iba a buscar agua con el dedal que yo habilité como caldero, pero fue transcurriendo el día y, cuando llegó la noche, Silvia, como yo la he llamado desde que la conocí al pie de mi bonsái, no había regresado. Dormí mal, en el hueco entre los troncos del olivo que nos sirven de cobijo, y esta mañana he hecho un recorrido por el invernadero, inspeccionando todos los bonsáis que alberga. Cuando la encontré, estaba al pie de un pino, enlazada a un brazo de un varón muy fornido, musculoso, que cuando me acerqué resultó ser el Tarzán de mis películas infantiles. «¡Silvia!», la llamé, pero me miró con tanto desinterés que comprendí que nuestra relación había terminado. He regresado a mi bonsái y he aceptado, con amargura, que ha concluido otro período de mi vida. Tras unas horas de abatimiento me he dirigido al final de la estantería y he descendido hasta el suelo, ayudándome de una de las cuerdas. Al llegar aquí abajo, mi cuerpo ha ido recuperando poco a poco el tamaño del día en que descubrí a Silvia, desnuda, dormida al pie del fornido pero diminuto olivo. Y ahora soy consciente de que mi mundo bonsái será ya solo un recuerdo para mí.

He decidido unirlos los dos, bajo el título común de «Mundo bonsái»...

Y de nuevo, el pasado jueves, viví la experiencia de las reuniones telemáticas de la RAE. Junta de gobierno, comisión y pleno. La verdad es que se sigue trabajando. En la junta y el pleno, muchos temas. Sobre todo, económicos... En lo tocante a palabras, en la comisión a la que pertenezco discutimos *carta (a la)* —referente a los criterios de elección del interesado—, *crisol* —tanto desde el punto de vista de mezcla como de depuración— y *dedazo* —como designación arbitraria...—. En el pleno, solamente nos dio tiempo a seguir debatiendo *confinamiento*...

He seguido inmerso en la vida de Sofonisba Anguissola y, buscando sus rastros, me entusiasmó descubrir que en el tomo V de la monumental *Enciclopedia Universal Ilustrada Europeo-Americana* (la *Espasa*), que también heredé de mis padres, se le dedica una certera referencia con dos reproducciones de cuadros suyos: uno de la Sagrada Familia y otro de su autorretrato con un pequeño librito sostenido en la mano izquierda, y se dice que Van Dyck señalaba que «en materia de pintura había recibido más luz de una ciega que de sus maestros», refiriéndose sin duda al momento en que la conoció, ya ella con noventa años... Y hay que señalar que la *Espasa* recuerda a las hermanas de Sofonisba, apuntando que también fueron pintoras Lucía, Minerva, Ana María y Europa...

Y he profundizado en *Historia de dos pintoras: Sofonisba Anguissola y Lavinia Fontana*, el robusto catálogo de la exposición que se presentó en el Museo del Prado de 22 de octubre de 2019 hasta hace poco —no sé si al final le alcanzó la pandemia—, y que apenas había ojeado y hojeado. Editado por Leticia Ruiz Gómez, como señalé, incluye numerosos ensayos interesantes y muchas —y buenas— ilustraciones...

Y al hilo de mis lecturas sobre el personaje, he ido tomando notas, naturalmente, y el caso es que me he zambullido tanto en su obra y en su vida, que estoy verdaderamente fascinado por ella, e incluso me pregunto si esta fascinación no será una forma de amor, ahora en que, por la edad, ya las pulsiones carnales han desaparecido. No me cabe duda de mi amor incondicional hacia Mari Carmen, pero ¿por qué no puedo enamorarme de Sofonisba, aunque haya vivido hace casi quinientos años? Lo cierto es que pienso en ella con una cercanía y con una ternura que tienen sabor amoroso... Y no os parezca mal, Mari Carmen y Orazio...

Hablando de pintura, es curioso cómo, por estas vueltas de la vida y por mediación del gabinete de dirección de la RAE, esta semana he recibido un correo electrónico de una persona que no conocía, Antonio Castillo, diciéndome que él es el propietario del cuadro *La aventura de los mercaderes*, de José Moreno Carbonero —que el editor, Jesús Egido (Reino de Cordelia) utilizó como cubierta de mi libro *A través del Quijote*—, invitándome a verlo cuando pase por Málaga. Las dimensiones del cuadro son apreciables, si tenemos en cuenta su contenido —62 por 98 centímetros sin marco— y tal como se intuye ya en la reproducción de la cubierta de mi libro, debe de ser muy interesante... Entro en internet y descubro que Moreno Carbonero, un pintor sobre todo de temática histórica, tiene muchísimos cuadros sobre el *Quijote*, todos de excelente calidad técnica y muy sugerentes en la imagen, y me prometo ver algún día *La aventura de los mercaderes* en una visita a Málaga. Por cierto, tras mi experiencia con la *Espasa* en el caso de Sofonisba, he entrado a buscar la referencia de Moreno Carbonero y es bastante mejor que la de

Google, aunque las reproducciones de cuadros, en blanco y negro, son muy inferiores en calidad, color, etcétera, naturalmente.

Y es que, con la inseparable referencia de Sofonisba en mi cabeza, ahora veo los dibujos y las imágenes pictóricas con una peculiar cercanía. Por ejemplo, nuestra hija María nos ha enviado por guasap dibujos de nuestra nieta Ana que, considerando la edad de la autora, están francamente bien y tienen cierto aire surrealista...

Por cierto, María nos contó que ha encontrado un grillo, se lo ha llevado a casa y le ha dado de comer lechuga —que, al parecer, al insecto le gusta mucho—, pero que Anita había plantado unas lentejas en un tiesto, que estaban germinando para su admirada sorpresa, y que el grillo ha llegado hasta los brotes y también se los ha comido, con lo que Ana ha exigido que el voraz insecto sea devuelto a su espacio natural, lo que María no ha tenido más remedio que hacer.

Parece que María ahora está mucho más tranquila con sus clases, y con este tiempo magnífico disfrutan de largos paseos e intensos baños en Genoveses, Cala Amarilla y el Barronal... Nos dice que es rarísimo encontrar a alguien, y nos comenta que se rumorea en San José que, hasta ahora limpio de la peste, ha brotado un caso de coronavirus en un camarero... No es de extrañar, añade, porque en cuanto ha habido desconfinamiento los bares se han llenado, y las terrazas, y nadie mantiene las distancias de seguridad, ni se ve una mascarilla... Vamos, que no tenemos remedio...

Cuando se lo contamos a nuestra hija Ana por teléfono, en una de las llamadas que diariamente nos comunican, le atribuye la condición de «falsa noticia», porque no es posible que en tan poco tiempo, desde las nuevas medidas desconfinatorias en esa zona, pueda haberse producido una infección... Sabemos que Ana es de fiar, pues como ella dice es la hipocondríaca de la familia, y está pendiente de la evolución de la pandemia y de todos sus registros...

Pero ¿qué es lo que sé de mi vecina? Nos la encontramos hace un par de días, en una de nuestras salidas matinales para dar la caminata, y en poco tiempo Mari Carmen se ha enterado de que su pareja ha pintado en varios cuadros una rara panorámica de Madrid desde la parte más alta de nuestro edificio —algo le había contado Yolanda de ello—. Mari Carmen le ha dicho que le gustaría ver esos cuadros, pero Teresa no ha contestado nada, lo que me ha parecido un poco extraño. Yo le he preguntado por su trabajo con Sofonisba, y me ha respondido muy brevemente que ahora está demasiado absorta con sus reuniones telemáticas. La verdad es que ha sido muy escueta en sus respuestas, o acaso tenía prisa, y la mascarilla ha acentuado esa imagen evasiva y huidiza.

Y el día ha ido pasando. Hace calor esta tarde en el patio de atrás, hemos abierto las ventanas de los balcones, y Lisi, la gata, ha salido al sol. De repente hemos oído unos tremendos graznidos y hemos descubierto que una urraca, desde lo alto de la barandilla, parece estar vituperando a nuestra gata, que está acurrucada, y acaso asustada, en el umbral de la ventana de mi escritorio, enlazada con la de nuestro cuarto por el balcón. Ciertas conductas, animales o humanas, serán siempre un misterio para mí...

Nos vamos acercando a las ocho, la hora habitual de los aplausos, que cada día tienen menos concurrencia, así como a las nueve se ha impuesto la cacerolada, con menos afluencia de gente pero más estruendosa, y nos sorprende que, cuando llega la hora, no haya nadie aplaudiendo en ningún sitio. Pensamos que puede influir este buen tiempo, el aire suave y cálido que impregna el ambiente y que cruzan vertiginosas algunas golondrinas —me ha animado mucho verlas, porque el año pasado casi no las hubo, aunque siguen sin volar en los grandes espacios—, y decidimos salir a dar un paseíto vespertino, algo inusitado.

Hay mucha más gente que por la mañana, la mayoría *enmascarillada* —parece que muy pronto la mascarilla va a ser obligatoria en los espacios públicos por Real Decreto—, pero se nota que el haber pasado a la llamada fase uno ha influido notoriamente en el ánimo común. Como solemos hacer en las mañanas de los domingos, bajamos por Alberto Alcocer hasta la plaza del Cuzco, para encontrarnos el paseo de la Castellana libre del tráfico automovilístico y dedicado solamente a los peatones.

Lo cierto es que es también una imagen extraña, propia de los espacios imaginados por el recientemente fallecido Juan Genovés.

Paseamos hasta el cruce con Raimundo Fernández Villaverde, entre un variopinto conjunto de gente, ancianos con bastón, niños en bici, bebés en sus carritos, corredores absortos, y luego regresamos a casa por el paseo de la Habana y la calle de la Infanta María Teresa.

Lo positivo de esta maldita pandemia es que me ha hecho descubrir estas caminatas que ya pienso incorporar a mis hábitos de la vida cotidiana. Además, nuestra hija Ana me ha enseñado que en el móvil tengo una aplicación, Samsung Health, que registra meticulosamente los pasos y los metros.

Terapia de Tere / G

Fue a principios de junio cuando Yolanda me entregó el *pendrive*.

—De parte de la sobrina de la pobre doña Pura —me dijo.

Lo recogí y la miré con extrañeza, como es lógico.

—Ya se han ido —explicó—. Primero vino una furgoneta donde cargaron todos esos cuadros que el chico estuvo pintando desde la terraza de lo alto, y otros, qué sé yo cuántos, y al día siguiente se marchó ella con Enriqueta, su prima, que ya ha vuelto de Inglaterra. Me dio eso para usted.

El *pendrive*, que los castizos llaman *pincho*, contiene un largo texto, que comienza con una carta de Tere, a la que siguen los seis capítulos que se han podido leer anteriormente, y que la emisaria titula, tal y como lo he conservado, *Terapia de Tere*.

La carta dice lo siguiente:

Estimado don José María:

Ha sido un gusto encontrarlo y charlar con usted de vez en cuando.

Espero poder abandonar el teletrabajo en pocos días y recuperar mi vida laboral ordinaria con las inevitables restricciones, aunque las vacaciones están cerca, pero ahora quiero hacerle entrega de un texto que he ido redactando a lo largo de mi confinamiento.

Como usted podrá advertir enseguida, no se trata de nada relacionado con nuestra admirada Sofonisba Anguissola —que conste que me sentí muy halagada cuando, aunque fuese en broma, me preguntaba usted en nuestros encuentros, después de verme con el libro de Daniela Pizzagalli, si estaba escribiendo una novela sobre ella—, sino de un modestísimo diario sentimental de esta extraña y confinada etapa de mi vida.

Se lo hago llegar porque fue usted, sin saberlo, quien redondeó la idea de lo que eran realmente las notas que estaba tomando sobre mi relación con mi compañero, porque eso era lo que yo practicaba, sin ser consciente de ello: una «terapia», es decir, un «tratamiento destinado a solucionar problemas psicológicos», como señala el *Diccionario de la lengua española* que creo que usted conoce...

Hago constar que fue su insistencia en preguntarme por la supuesta biografía novelesca lo que me hizo pensar que acaso era usted quien estaba escribiendo una ficción sobre Sofonisba, y perdone lo que puede parecer una impertinencia, pues le aseguro que jamás se me pasó por la cabeza atreverme a escribir una ficción sobre la vida de Sofonisba, pero se ha dado la casualidad de que, desde que escuché sus bromistas suposiciones, comprendí que lo que yo estaba escribiendo trataba también sobre la vida de un pintor.

No un pintor del Siglo de Oro, claro, sino uno de nuestros días. Aunque estoy segura de que hay en la actualidad muchos artistas en los que el talento y la obra estimable se concilian con la buena calidad personal, con la bondad, con el talante generoso, yo he tenido la mala suerte de topar con un artista de talento, pero dotado también de egoísmo y malevolencia, como podrá comprobar. Seguramente podría ponérsele como ejemplo de una antítesis de Sofonisba, no en lo estético, que en esto cada uno responde a las características de su época y de su estilo, sino en el comportamiento humano, en el modo de ser y de tratar a los demás.

Sofonisba parece haber sido una persona muy agradable, dócil con sus padres, capaz de integrarse sin problemas por la cercanía de los reyes en la complicada corte española de su época, que agradece a sus maestros sus enseñanzas —los retratos que hizo de Bernardino Campi y de Giulio Clovio son auténticos homenajes—, con empatía, como demostró en tantos retratos, desde los de sus padres, sus hermanos, la reina Isabel de Valois, el rey Felipe II, las infantas —me encanta el de la infanta Catalina Micaela con el monito Tití—... y tantos otros más. Solo desde una perspectiva magnánima, afectuosa, del mundo, se puede dar ese aire a los gestos y a las miradas.

Y es sorprendente el contraste entre esa conducta y la del personaje que yo he tenido que soportar durante cuatro años, pagado de sí, incapaz de reconocer la calidad de nadie —muy especialmente la de ningún colega...— y profunda, miserablemente cicatero.

No sé si he solucionado o no mis problemas hondos —yo creo que nunca acabamos de conocernos a nosotros mismos, y ya digo en el texto que acaso sufro de una propensión a ciertas mitificaciones personales—, pero el caso es que me he quedado muy tranquila después de explayarme.

Lo que pasa es que, en contra de lo que dicen algunos expertos, para estar del todo serena no me puedo conformar solamente con haberlo escrito, sino que necesito que alguien lo conozca, y para mí nadie mejor que usted, que transita por el campo literario. Y ojalá le sirva para escribir algún cuento, alguna historia.

Si se le ocurriese algo de ese tipo, lo único que le pido es que lo urda de tal manera que absolutamente nadie me pueda identificar, ni por los espacios en que vivo, ni por el modo como usted y yo nos conocimos, ni por la profesión. El nombre me da igual, porque Teresas hay más que de sobra, y con la trama haga usted lo que quiera...

Y si no se le ocurre nada, le aseguro que con esa lectura suya ya remato el suficiente reposo.

Espero que nos volvamos a ver, y hablemos por lo menos de Sofonisba. Lo cierto es que con mi lectura del libro de Daniela Pizzagalli, del que, en efecto, he tomado muchas anotaciones, lo único que pretendía era hacer un listado lo más amplio posible de referencias sobre la pintora, y de otras que traten de pintura, sobre todo de gente poco conocida, y especialmente mujeres.

Esa es la certeza relevante: llevaba el libro sobre Sofonisba Anguissola el primer día que nos encontramos porque he aprovechado el confinamiento para buscar indicaciones de libros sobre ella, pero también, se lo confieso, para fastidiar un poco a mi excompañero, que no sé por qué razones aborrece a esa estupenda artista.

Muchas gracias por su valioso consejo y un abrazo,

TERESA

La verdad es que, cuando le dije lo de la terapia, ni se me pasó por la imaginación lo que ella dice, pero la sugerencia de escribir algo sobre esa memoria de un desencanto, y el hecho de que yo estaba realmente trabajando en una especie de novela corta sobre Sofonisba, me resultó muy sugerente.

Claro que podía intentar el concierto de los dos discursos —el mío sobre la pintora Sofonisba y el de Tere sobre el pintor que he llamado Fortunato Balbás—, y me dispuse a hacerlo, ajustando y alternando capítulos. Pero luego pensé en la tríada, una vinculación de elementos especialmente sugestiva para mí, como he dicho, y decidí incrustar en el conjunto algunas de mis propias notas sobre esta experiencia nunca antes vivida, manipulando lo necesario la «Terapia de Tere» para que se conjugase bien con ella en el argumento novelesco.

Es más. Siguiendo esa línea un poco esotérica con la que a veces me gusta jugar, decidí que fuesen veintiún capítulos en total, para que se correspondiesen con el hexagrama 21 del *I Ching*, «el libro del cambio», que significa «la mordedura decidida», en homenaje a la intrépida decisión de Teresa al romper su relación, y al modo de actuar de Sofonisba cuando encuentra el amor de su vida.

En todas las ficciones que tramo me gusta ensayar algo que no haya hecho antes, o en el tema, o en la voz narrativa, o en la estructura... Esta tríada me ha permitido un nuevo enfoque dentro de los interminables recursos de la literatura, pues he intentado conjuntar una novela histórica, una autoficción —con cuentos intercalados— y un relato sentimental. ¿Qué más les puedo pedir a las musas?

Y esto lo estoy escribiendo mientras convalezco felizmente de mi intervención de hernia inguinal y recién operado de mis cataratas, lo que ha hecho mucho más luminoso y rico en matices de color el espacio que me rodea. Pienso que, si a Sofonisba la hubiesen podido operar de cataratas, su larga vida habría sido mucho más feliz.

En cualquier caso, la condición de bibliotecaria de Teresa, el piso que viene a ocupar con su pareja en el mismo edificio en el que yo vivo, su domicilio en un chalecito de San Lorenzo de El Escorial y otros aspectos espaciales y, digamos, argumentales... pertenecen solamente a la ficción, para proteger su verdadera identidad y cumpliendo sus deseos.

Por otra parte, cuando le comenté, en broma, la condición terapéutica de la escritura de lo que nos sucede, yo tampoco era consciente de que, en mis «Notas de confinamiento» estaba intentando librar la solapada angustia que nos hizo vivir la siniestra epidemia con el largo, interminable encierro, y el posterior ritmo lento de la dichosa desescalada. Claro que para mí fue también una terapia, y hasta para Mari Carmen, a quien todos los días le leo lo que voy escribiendo. Menos mal que en casa no nos tenemos que poner la mascarilla.

Debo añadir que al principio reseñaba puntualmente los datos de contagiados, fallecidos, curados... Con el paso de los días, hemos podido comprobar que la información mundial es caótica, imprecisa —para empezar, no sabemos si los que se dan como fallecidos lo han sido como consecuencia de la o el covid-19—, y es sorprendente tanto el baile de cifras como que continuamente tengamos noticias de algún rebrote. En fin, puede que esto vaya más lejos de lo que pensamos y que se alargue en el tiempo, como las pestes clásicas...

Por último, le agradezco a Teresa su generosa colaboración, y si con todo esto organizo la novela posible, ojalá cuando la publique se haya apagado definitivamente esta ominosa pandemia, y el libro sea también para Teresa el recuerdo brumoso de un extinto desasosiego.

Madrid, 27 de junio de 2020

Índice

Este libro se terminó
de imprimir en
Móstoles, Madrid,
en el mes de
marzo de 2022